在尘寰

流年

经典文库编委会◎编

河海大学出版社
HOHAI UNIVERSITY PRESS
·南京·

图书在版编目（CIP）数据

在尘寰．流年 / 经典文库编委会编．-- 南京 ：河海大学出版社，2019.10
（二十一世纪中国作家经典文库）
ISBN 978-7-5630-5958-4

Ⅰ．①在… Ⅱ．①经… Ⅲ．①散文集－中国－当代 Ⅳ．①I267

中国版本图书馆 CIP 数据核字（2019）第 085946 号

丛 书 名 / 二十一世纪中国作家经典文库
书　　名 / 在尘寰——流年
书　　号 / ISBN 978-7-5630-5958-4
责任编辑 / 毛积孝
特约编辑 / 李　路　韩玉龙
特约校对 / 李国群
封面设计 / 仙　境
版式设计 / 刘昌凤
出版发行 / 河海大学出版社
地　　址 / 南京市西康路 1 号（邮编：210098）
电　　话 / （025）83722833（营销部）
/ （025）83737852（综合部）
经　　销 / 全国新华书店
印　　刷 / 三河市元兴印务有限公司
开　　本 / 880 毫米 ×1230 毫米　1/32
印　　张 / 7.25
字　　数 / 110 千字
版　　次 / 2019 年 10 月第 1 版
印　　次 / 2019 年 10 月第 1 次印刷
定　　价 / 59.80 元

目录 Contents

那一年我们十三岁

辛立华

20世纪70年代初，十三四岁的我们正处于一生中最得意最自由的年纪。

那时候的我们四个人，也正处于人嫌狗不待见的年龄。我们在村里狂野得如同四只天不怕地不怕的石猴孙悟空，时常把村子搞得乌烟瘴气、鸡飞狗跳。

铁蛋、伏天儿，
傻五、侯三儿，
白天上树撒尿，
晚上堵烟筒塞儿。

村外瓜地摸瓜，

村内光屁股撒欢儿，

不是装神弄鬼，

就是四处扬烟儿。

这是村人给我们总结出的几句顺口溜，也是我们十三岁时的真实写照。毫不夸张，毫不戏说。从这几句顺口溜上，就足以说明当年的我们四个人是多么令人讨厌，多么令人头疼了。想打，对我们这几个只有十三岁的孩子下不了手，再说也抓不着我们；想躲，却又不大容易，不知什么时候我们就像鳔胶一样黏你一下子，不疼不痒的，让你急不得恼不得，只有唉声叹气的份儿。那个时候的我们，真是到了连狗见了都冲我们龇牙的地步了。

尽管如此，可那时的我们仍是整日活得无忧无虑、潇潇洒洒，仍是在人多的地方挺起胸膛人五人六，或是在人们集中开会的时候学几声那惟妙惟肖的狗叫和驴叫，以此吸引人们的注意力来显示我们的存在。可悲的是，我们的努力换来的赞许和笑声太少了，往往换来的是谩骂和白眼儿。可我们不在乎。

那时的我们觉得整个世界都是我们的，其实就是我们的，只是那时的世界给我们的太少太少了。甭说家家有电视了，我们十三岁那年，村里才买了一台十八英寸的黑白电视机，不但频道少，节目更少，更要命的是几乎每晚都停电，跟没有这台电视差不多。想学的东西学不着，想当兵岁数又不够。那时我们为了看电影，几乎跑遍了全村，那几部黑白故事片的内容，直到现在我们还能倒背如流。一句话，那时候供我们翱翔的空间太小了。正因为如此，不甘寂寞的我们才自寻其乐。不这样，我们还能干什么呢？

其实我们也没干什么，所干的事纯粹是为了开心。我们曾经在人家的猫尾巴上绑上一挂鞭炮，点燃后猫就在噼噼啪啪的爆炸声中四处乱窜。就在我们欢天喜地的时候，猫的主人发现了我们的恶作剧，不等他来到我们的面前，我们早逃之夭夭了。我们曾经在夜里往一只老鼠的身上泼上煤油，点燃后看跑地灯。谁想那老鼠一头钻进了一家的柴火垛，那家的一大堆柴火便就化成了灰烬……我们干不了别的，更没有别的什么事情可干，也只能干些这种纯粹是寻开心找刺激的讨厌之事了。

一

那年的春天，我们在离村子十里远的一家工厂看了一场叫《昆仑铁骑》的电影，影片中那些英勇的骑兵彻底地让我们折服了。在看完电影往回走的夜路上，我们四个人就立下了誓言，长大后一定去当兵，而且就当骑兵。

第二天放学后，我们每人就用木板削了一把马刀，还在刀把上系了红布条。接着，每人又用木棍做了一杆小马枪。武器备齐了，缺的就是战马了。傻五说，骑兵没有战马，那叫什么骑兵？我们就把目光对准了侯三儿。侯三儿是我们的军师，一切行动计划都是出自他之手，且每次都会达到理想的效果。侯三儿不负众望，很快就想出了主意。

星期日这天中午，我和侯三儿来到了饲养院，大大方方地走进了饲养室。虽说村人非常地讨厌我们，可饲养员老孙头儿却很喜欢我们。老孙头儿光棍儿一人，吃住都在饲养室。平时，我们实在没事干的时候就来饲养室听老孙头儿给我们讲聊斋故事，有时还跟他一起到村外的草坡放牲口。老孙头儿一直让我们管他叫爷爷，可我们很少这么叫他，除去我们求他给我们讲鬼故事时我们才不得不这么叫他外，一般就叫他老孙头儿。我们这么叫他他并不恼，总是笑嘻嘻地边拍我们的脑袋边说："瞧我这几个大孙子。"满脸的慈爱与幸福。

老孙头儿一见就我和侯三儿两个人，咧开缺了门牙的大嘴刚要乐却又合上了，说："不对呀。你们这四大金刚，除去吃饭睡觉不在一起，连拉屎撒尿都凑一块儿。那俩小子呢？"

侯三儿说："傻五跟他妈串亲戚去了，铁蛋跟他爸爸到集上买小猪去了。就剩我们俩了，闲得难受，就找您来了。"

老孙头儿这回乐了，说："闲得难受？也是，大春天的，树上没桃，地里没瓜，河里又洗不了澡。我的大孙子啊，还是听爷爷给你们讲《鬼话狐》吧。"

侯三儿从兜里拿出了一包旱烟叶子递给了老孙头儿，说："孙爷爷，给您。"

老孙头儿乐得嘴咧得更大了，说："好孙子。不过你要小心，千万别让你爷爷给逮着，不然的话，那老东西该跟我没完了。你爷爷不像傻五他爷爷那么好说话，你爷爷是瓷公鸡、铁青蚝，玻璃耗子、琉璃猫，一毛不拔还要倒粘别人一把的主儿。让他知道了，不但跟我没完，你的屁股也得肿。好，我现在就给你们说。古时候啊，有……"老孙头儿给我和侯三儿讲起了他那不知说了多少遍的聊斋故事。我俩根本就没有心思听，但也得假装认真地听着。心，却早跑到铁蛋和傻五他俩身上了。

十分钟后，我们听到了几声布谷鸟的叫声。这是铁蛋和傻五给我们发出的信号，意思是让我俩赶紧离开老孙头儿。侯三儿眼珠一转，不满意地对老孙头儿说："您讲的都是什么呀，这故事都讲了八百遍了。没劲，真没劲。"

我也趁机对老孙头儿说："就是，您就不会讲点儿新鲜的？"

老孙头儿刚要说什么，被侯三儿拦住了。他腾地站了起来，不耐烦地冲我一挥手，说："走，不听了。没劲，太没劲了。"说着就向外面走去。我也一连说了好几句没劲，就跟侯三儿走出了饲养室。老孙头儿在后面冲我俩喊道："下回你们来，我保证给你们讲新鲜的。哎，这几个嘎小子。"

我和侯三儿很快来到了村后的小树林边，此时，铁蛋和傻五每人牵着一头驴已在那里等上了我俩，每人手里还提着两把木制的马刀和小马枪，一脸的洋洋得意。侯三儿冲着他俩伸出了大拇指，学着电影《地道战》里伪军司令的口气说："高，实在是高。"

傻五嘿嘿一笑："那是。这回，我们可要过足骑兵瘾了。"

铁蛋却叹了口气，说："可惜我们骑的是驴啊。要是依着我，就牵出两匹马来，那多神气啊。骑驴，那跟《地雷战》里偷地雷的鬼子不是差不多了吗？"

侯三儿瞪了铁蛋一眼，说："我也想骑马，行吗？先别说那马根本就拉不出来，单就说我们骑，就骑不了。就我们这样的，也就骑这驴过过瘾算了。要想骑马，就得等我们长大了，参军，当骑兵。现在我们骑驴，就是为将来当骑兵打基础。来，谁先骑？"

傻五说："驴是我俩牵出来的，当然是我俩先骑了。"傻五说着话，一蹿就蹿到了驴背上。他得意地对铁蛋喊道："铁蛋，你快骑啊。快！"

铁蛋学着傻五的样子也想蹿上驴背，可蹿了好几次也没蹿上去，逗得我们几个哈哈大笑。最后，还是在我们的帮助下，才使铁蛋骑在了驴背上。侯三儿笑着对铁蛋说："你还想骑马啊？驴你都骑不上去。"

傻五不失时机地说："他也就配骑兔子。"说着一挥手中的马刀，大喊一声："冲啊——"用脚一磕驴肚子，驴就在还没播种的地里跑了起来。铁蛋也学着傻五的样子挥着马刀大喊一声，驴是跑了起来，可他却一头栽了下去。铁蛋爬起来想再骑上驴背，那驴却一头向别处跑去。侯三儿喊了一声不好，拔腿就向那驴追了过去。侯三儿在我们学校里是跑得最快的一个，每年的全县中小学生秋季运动会他都能给学校争得荣誉，一直是体育老师的骄傲，也一直最受体育老师的喜爱。此时的侯三儿甩开快腿没追几分钟就追上了那驴，捡起缰绳一拽，那驴就站住了。侯三儿顺势一蹿就蹿上了驴背，挥刀大喊一声："冲啊——"驴就撒开四蹄跑了起来……

我们轮番骑着驴跑啊喊啊，狂野得完全忘了自我、忘了时空，就觉得自己已经是一名英勇的骑兵了。胯下的驴就是战马，手中的木板就是马刀，地里的小粪堆就是敌人。我们满头是汗，周围狼烟四起，加上我们的喊声，真就有了战场的气氛。

就在我们狂野得近乎要疯的时候，我们猛地看到从村里跑出一群人来，领头的是队长范大钢。从他们的叫骂声和愤怒的样子上看，肯定是冲着我们来的。这时我们才明白过来，该是下午上工的时候了。正是春耕的季节，这驴还得干活呢。侯三儿望着向我们越跑越近的范队长他们，果断地冲我们一挥手，喊道："跑，快跑。"接着就带着我们钻进了小树林。

骑兵瘾我们是过足了，可我们每人都挨了家长一顿打。挨打是我们的专利也是我们的强项，所以打就打了，根本不往心里去。我们都是属耗子的，撂下爪儿就忘，屁股还没消肿呢，该干什么还干什么。让我们感到内疚的是，老孙头儿挨了范队长的好一通训，气得老孙头儿当着我们的家长和好多村民的面跳着脚骂了我们老半天。我们的家长只好低三下四地给老孙儿头赔礼道歉，不然的话，我们也不至于挨打。为此，侯三儿说我们得找个机会向老孙头儿赔罪，老孙头儿对我们那么好，几句好话他就会原谅我们的。

又到了星期日这天。吃过早饭，等家长都到生产队劳动去了，我们就拿着筛子来到了离村子十里外的小沙河。我们把裤腿绾起老高，轮流站在一尺深的浅水里捞河虾。尽管此时已经春暖花开，可河里的水仍是冰凉刺骨，在水里待不了几分钟就得上来暖和暖和。就这样你上来我下去的一直到了临近中午，我们才捞了有一斤多的河虾。我们每人生吃了几个，就拿着这些虾来到了饲养室。

当我们把这些河虾送到老孙头儿的面前时，没容得我们向他老人家谢罪，老人家就已经湿着双眼把我们揽在了怀里，哽咽着对我们说："哎哟，我的好孙子们哎。"眼泪就流了出来。

待了一会儿，老孙头儿的情绪稳定了下来，他先是咧开没了门牙的大嘴哈哈乐了一阵，接着又愠怒地对我们说："你们这几个人嫌狗不待见的嘎小子啊，你们知道吗？差一点儿，你们就捅了大娄子啊。"

我们听后都吓了一跳，侯三儿挠了挠脑袋，问老孙头儿："孙爷爷，我们，差一点儿捅了什么娄子啊？"

老孙头儿说："你先坦白，这骑驴的馊主意是不是你出的？"

侯三儿嘿嘿一笑，说："是。"

老孙头儿"咳"了一声说："主意倒是不错，可是，你们不该拉走那头灰驴啊。你们知道吗，那头灰驴怀上驴崽儿还不到一个月，是最容易流产的时候。就你们那么一通折腾，我一直提溜着心啊。真要是被你们折腾得流了产，队里就得扣你们每家仨月的工分。我呢，最少也得扣俩月的。"

我们一听全都傻眼了，都傻愣愣地望着老孙头儿。

老孙头儿挨个儿看了我们一眼，说："好在危险期已经过去了。唉，你们这几个嘎小子啊，真好比是四只刺猬，让我是捧着扎手，扔了又可惜啊。虽说我喜欢嘎小子，可你们也太嘎出圈了。再怎么嘎，也不能惹祸啊，是不是？站树上拉屎撒尿，偷瓜摸枣捅马蜂窝，这都没关系，顶多挨顿骂，旁人一听还是乐儿呢。可真要是捅出娄子来，那就不是小事了。要是听你们孙爷爷的，往后呢，就少干这些悬事，也省得让我为你们着急。”

我们几个点了点头，就回家吃午饭去了。

二

麦收季节到了。为了使村民有足够的精力搞好麦收，村里按人口分给了每户一定数量的粮食。这个时候，我们的肚子相应地就比平时饱了许多。肚子一饱，我们就闲不住了。

又是一个星期日的午后，我们闲得实在难受，就头顶用牛皮纸袋做的军帽，脑后呼扇着几根纸条，肩上扛着用玉米秸秆扎成的大枪，跺着脚来到了打麦场。我们一边跺着脚，一边在嘴里哼着电影中的音乐。打麦场上人很多，都在紧张地打着麦子。我们见人们根本没拿我们当一回事，心里就很不满意，脚跺起来就没了劲头。这时，侯三儿眼珠一转，冲着人们大喊一声："哑地给——"接着就趴了下去。我们立即学着他的样子也趴在了地上，冲着人们做开枪射击的动作，嘴里还叭叭地响着。人们还是不理我们这一套，仍是专心致志地在打麦子。我们真的不高兴了，在侯三儿的指挥下，抓起旁边的土坷垃就向人们扔了去，嘴里还学着手榴弹的爆炸声。这回人们注意我们了，开始对我们指指点点，有人还哈哈大笑。我们受到了鼓舞，劲头更足了。

就在我们狂野得忘了自己是谁时，我们每人的屁股分别挨了重重的一巴掌。我们回头一看，是范队长，他吹胡子瞪眼地就把我们赶走了。望着趾高气扬的范队长和哈哈大笑的人们，我们感到自己的自尊心和人格受到了极大的侮辱。用现在的一部喜剧小品中的台词来说，就是：太伤自尊了。

我们站在离场院不远的一棵洋槐树下，先是冲着场院的人们愤愤地撒了一泡尿，接着便一齐向范队长做射击动作。同时，心里在琢磨着报复的办法。这时，侯三儿的目光对准了队部西墙阴凉下的两只水桶。我们望去时，正看见两个社员在喝绿豆汤。我正在怀疑侯三儿是不是口渴了的时候，侯三儿却把嘴一撇，接着脸上便露出了得意的微笑。他这一撇一笑，我们心里立即有了底。果然，侯三儿冲我们一挥手，就带着我们离开了打麦场。避开了人们的视线，他向我们说出了报复的办法。

第二天中午，大人们都在歇晌，我和侯三儿、傻五却悄悄地来到了老孙头儿的饲养室。每年的麦收，为了防暑，队里都要给社员熬绿豆汤喝。熬汤的地点就在饲养院那口给牲口煮料的大铁锅里。早上熬，上午喝。中午熬，下午喝。负责熬汤的就是老孙头儿。

老孙头儿见到我们，自然是很高兴的。可他一见没有铁蛋，就非常警惕地问我们道："铁蛋那小子干什么去了？不会又是拉驴去了吧？"

我们都笑了。侯三儿说："他不是拉驴，他是拉稀。拉得肚子都疼了，在家趴着哪。"

老孙头儿乐了，说："你们这几个小子，准是偷队里的黄瓜吃来的。铁蛋，那是黄瓜吃得太多了，对不对？"

侯三儿赶忙就坡下驴，说："可不是嘛，就数他吃得多，要不也不至于拉稀。"

老孙头儿又乐了，说："昨天你们可真够闹的，你们这几个嘎小子啊，恨不得把村子翻个个儿心里才美是不是？”

傻五说：“可恨的是那范队长，我们没招他没惹他，他凭什么打我们一巴掌？还像赶狗似的把我们赶走了？哼，这个仇，说什么我们也得报。”

“报仇？得了吧你们。你们要是不往人群里头扔土坷垃，队长还能打你们？还能赶你们走？再说了，你们几个毛孩子，懂什么叫仇啊？”

傻五的拧劲儿上来了，不服气地说：“毛孩子？您就瞧着吧，我们……”

侯三儿赶紧拦住了傻五的话，说：“行了你。我们干什么来了？还不是听孙爷爷讲故事来了，说那些没用的干什么？”侯三儿直冲傻五使眼色。

傻五心领神会，马上改口对老孙头儿说：“对，侯三儿说得对，我们是来听您讲聊斋的。”

老孙头儿说：“这就对了嘛。就你们昨天干的事，我要是队长，照样也饶不了你们。行了，还是听爷爷给你们讲《鬼话狐》吧。”老孙头儿喝了两口水，开始给我们讲聊斋故事。

此时，铁蛋正在执行着他的任务。他像只大虾一样弯着腰，悄悄地摸到了大铁锅边，把一包巴豆倒进了刚刚停火的绿豆汤里。为了不让人们看出来，我们把巴豆砸成了和绿豆一般大小的碎渣。巴豆是村里医务站种的，卫生员是铁蛋的老姑，他也就很容易地偷出了这些巴豆。

铁蛋很顺利地完成了任务，可就在他要离开现场时，他看见墙脚下盘着一条蛇。蛇很大，盘在那儿足有锅盖那么大。在我们四个人中，只有铁蛋最怕蛇。所以他一看见这条蛇后，吓得全然不顾自己刚刚干完了什么，便撞上鬼似的叫了一声，声音又大又怪，使正处于鬼怪故事气氛中的我们着实吓了一大跳。待我们明白了事情不妙时，老孙头儿已经拉开屋门跑了过去。侯三儿低声地说道："不好。"而后冲我和傻五一挥手，就一齐跟在老孙头儿的后面跑了出去。

让我们既开心又没有想到的是，快六十岁的老孙头儿竟也怕蛇。他跑到大铁锅前一见是铁蛋，刚要问铁蛋怎么会在这里时，也一眼看见了那条蛇，吓得大喊一声："妈呀！"拔腿就往回跑，一下子和侯三儿撞了个满怀。老孙头儿气急败坏地冲着侯三儿就骂："好你们这……这几个兔……兔崽子，知道我最怕……怕长虫，还……还拿那么大一……一条来吓……吓唬我？快……快把它给我弄……弄走。”老孙头儿说话都结巴了。

侯三儿眼珠一转，立即对傻五说道：“别闹了，快把这条蛇弄死吧。”

任何一条蛇，只要让我们这些十几岁的男孩子碰上，大都是逃脱不了厄运的。只见傻五不慌不忙地走到蛇跟前，一伸手，就抓住了蛇的尾巴，提起来狠劲地抡了几圈，手一撒，那蛇就飞了出去，正好挂在了电线上。老孙头儿望了一眼电线上的蛇，不满地对傻五说：“咳，你把它挂……挂在了那儿，我……我这么多活儿还……还怎么干？快把它给我弄……弄下来，扔……扔远远的去。”

傻五正要去找树枝捅电线上的蛇，被侯三儿拦住了。侯三儿从兜里拿出了弹弓，装上泥球，抬手一拉，叭的一声，那条死蛇就被打了下来。傻五提起了死蛇，说：“喂猪吧，猪吃了长大个儿。”说着就向生产队的猪场走了。

老孙头儿这才不怎么害怕了，他冲着铁蛋点了点头，愤愤地说：“你不是肚子疼在家趴着吗？趴出一条大长虫来了是不是？你们这几个捣蛋鬼呀。”

铁蛋眨了眨眼，竟对老孙头儿说："我……我什么时候肚子疼来着？我……"

侯三儿赶忙拦住了铁蛋的话，说："行了你，你不是说要给你老姑逮条蛇做什么药引子吗？谁想到你也这么怕蛇。"接着又对老孙头儿说："孙爷爷，铁蛋是被那条蛇给吓糊涂了。是这样的，他老姑要我们给她逮条蛇，说是做什么药引子，没想……"

老孙头儿哼了一声，说："谁知道你们又耍什么鬼把戏呢？走，赶紧走吧。今儿个，我什么也不给你们讲了。"说完这话，气哼哼地回了他的饲养室。

我们相互看了看，赶紧溜之大吉。

下午，人们都上了工以后，我们四个人悄悄地爬到了离打麦场不远的一棵老槐树上。这次，我们不是要在树上撒尿，是要看人们喝了放有巴豆的绿豆汤后到底有没有反应。老槐树枝繁叶茂，我们藏在上面是很难被人们发现的。而我们，却能把打麦场上人们的一举一动看得清清楚楚。

人们三三两两地到水桶边喝绿豆汤，又陆陆续续地回去继续打麦子。不一会儿的工夫，就有人开始往厕所跑了。接着，人们就像喝绿豆汤那样，两点成一线地一个接一个地往返于打麦场和厕所之间。这么多人同时闹肚子，立即让肚子也开始不舒服的范队长提高了警觉。他首先想到的就是绿豆汤出了问题，就赶紧叫来了老孙头儿，劈头盖脸就是一句："怎么搞的这是，啊？这么多人拉稀跑肚的，是你的绿豆汤没熬熟呢？还是别的什么原因？"

老孙头儿傻了，支支吾吾地说不出所以然了。

范队长急了，冲老孙头儿吼道："三夏是虎口夺粮。在这节骨眼上你弄出这种事来，老孙头，你可要吃不了兜着走。"

老孙头儿连急带怕，结结巴巴地说："我……我凭什么兜……兜着走？绿豆，我洗……洗了又洗。火……火烧得都把绿……绿豆快熬……熬成粥了。我……"老孙头儿一歪头，正好看见幸灾乐祸的我们从老槐树上爬下来鬼鬼祟祟地跑走。老孙头儿一愣，立即想到了这事可能与我们有关。联想到中午我们的异常行为，心里有了底，便把脖子一梗，愤愤地对范队长说："你少跟我来这套。让我兜着走？走，你先跟我走。"

"跟你干吗去？"

"让你看看到底是怎么回事。"老孙头儿带着范队长来到了大铁锅旁边。

老孙头儿指着锅里剩下的粥样的绿豆，说："你仔细看好了，都熬成粥了，说明不欠火。"

"那是什么原因？"

老孙头儿没说话，而是捞起一把煮烂的绿豆仔细地看。这一看不要紧，就看出了里面的巴豆渣子。他指着巴豆渣子对队长说："就是这巴豆闹的。"

"什么？"队长火了，"这是什么人干的？我这就派人去派出所报案。"

老孙头儿一听要去派出所报案，吓得脸都白了，急忙对队长说："使不得，使不得啊。就这么点儿小事，不值得呀。要我说，就算了吧。"

"算了？你什么意思？难道这巴豆是你放的？"

"哎呀队长，你这是说哪儿去了？我一个三代贫农，我能干这种事吗？"

"那是谁干的？"

"这……"

"你也别这了。看来，你心里是有底的。我实话告诉你吧，你要是不说出来这是谁干的，我立马就派人去派出所报案。"

队长说得很铁。

老孙头儿“唉”了一声，只好说出了我们的名字，又把中午的异常情况细细地说了一遍。

队长一听就更火了，说道：“这几个王八蛋，他们为什么要这么干？”

“还不是因为昨天你打了他们一人一巴掌？恨你呗。”

“可那么多人招他们了还是惹他们了？”

“是没招他们也没惹他们，可他们不是看了笑话了吗？”

“嘿。好你个老孙头儿啊，还替他们找理由是不是？好。这几个王八蛋，也太狂了，也太野了。再不好好治治他们，早晚，他们得把天给捅个窟窿。这回，说什么也得让派出所的人治治他们。”队长说到这儿转身就走。

老孙头儿急忙拦住了队长，说：“我说，你这是要干吗？”

“干吗？派人去派出所。”

“这么说，你真的要让派出所的人治这几个孩子了？”

“再不治治他们，你知道他们还能闯什么大祸呀？”

老孙头儿立即赔上了笑脸，哀求队长说：“老叔求你了，你千万别让派出所的人来插手管这事。不管怎么说，他们还是一帮人嫌狗不待见的混蛋孩子。再说了，他们的父母都是街里街坊的好邻居，不合适啊。”

“不合适？”队长怪怪地看着老孙头儿，“我是看出来了，全村，也就你拿这几个捣蛋鬼当宝贝儿，是不是？”

“我喜欢他们。”

“你就是他们的亲爷爷，这回我也饶不了他们。”队长说着还要走。

老孙头儿一把拉住了队长，继续哀求地说：“得了队长，我再一次求你了，看在我的份儿上，你就饶他们这次吧。我担心啊。”

“担心什么？”

“这几个孩子正是什么都不懂的年龄，又是天不怕地不怕的浑球儿，只知道胡闹，不想后果。就是派出所的人来了，又能拿他们怎么样？他们要是犟起劲犯起浑来，倒起反作用了。”

“那你说怎么办？这事不能就这么算了吧？”

老孙头儿一看有好转，赶忙说：“当然不能就这么算了。要我说，把他们的家长叫来，当着他们家长的面，你好好教训教训他们。你把这事的性质说得越邪乎越好，让他们和他们的家长知道知道后果的严重性。你还告诉他们，如果往后还干这种事，就让派出所的人来抓他们。这么一来，他们就老实了。说不定，他们和他们的家长还因为你没报告派出所而感谢你呢。家长再管管他们，也许他们就老实了。”

队长想了想，“唉”了一声骂道：“这几个王八蛋，真是天王老子拿他们也没办法呀。就这么着，晚上叫上他们的家长，好好治治他们。对了，我说老孙头儿，往后，你少跟他们近乎。拿臭狗屎堆着他们，看他们还美哪儿去。”

“是，是。往后，我还真得别宠着他们了。”

三

绿豆汤事件以后，人们更加讨厌我们了。连我们的家长，在痛打了我们一顿后都说我们是癞狗扶不上墙——完了。我们在人们的心目中已经成了一堆臭狗屎，谁见着我们都用一双鄙视的目光对待我们，嘴里还说些不三不四的话。

而最让我们伤心的是，老孙头儿是彻底地不喜欢我们了。我们不止一次地去找他，请求他原谅我们，却都遭到了他的斥责。最后一次，老孙头儿跟我们急了，他气恼地骂我们：“滚，都给我滚。不争气的东西，我不待见。再拿你们当人，我就得死在你们手里。滚，快给我滚吧。”我们清楚地看见，老孙头儿竟伤心得流出了眼泪。那天，我们头一次感受到了受人冷落的滋味儿。这么喜欢、疼爱我们的人都对我们这样了，说明我们确实臭不可闻了。头一次，我们的心被触动了。

我们终于猛地觉醒。

觉醒后的我们认识到，要想让人们重新认识我们，要想让人们改变对我们的看法，唯一的办法就是我们得干几件让人们喝彩的事来。可是，我们干什么呢？我们又能干什么呢？于是，十三岁的我们，开始琢磨该干些什么惊天动地的大事。

我们再也不狂了，再也不野了，有空就坐在一起，苦苦地想着办法。我们幻想着发大水，大水大得最好连村子都淹了。那个时候，我们就可以大显身手，凭着能在水里畅游无阻的功夫去救人。先救谁呢？对，先救李奶奶。李奶奶是烈属，他儿子是在抗美援朝战争中牺牲的，救这样的人，更能让人佩服……

我们幻想着谁家的老人突然病倒在半路上，正好让我们碰见，我们就把老人送到村里的医务站。那么该是谁家的老人呢？对，最好是范队长的爸爸，救了队长的爸爸，队长能不对我们好吗？队长对我们好了，全村的人也就对我们好了。不对呀，队长的爸爸头好几年就死了。那救谁呢？对了，最好是老孙头儿。对，那样一来，老孙头儿肯定又会喜欢我们了……

我们还幻想着在上学的路上捡到几十块钱，我们就一起把钱交到老师的手里……我们想到了打仗。对，最好是打仗。一提打仗，我们立即来了精神。侯三儿激动地说："我们说了半天，哪样也没有打仗最能显示我们的了。只要一打仗，我们就像电影《小兵张嘎》中的张嘎子那样去找县大队。"

我们一听侯三儿说县大队，都乐了。铁蛋说："你别露怯了，现在哪儿还有县大队啊？早就叫解放军了。"

侯三儿眨了眨双眼，不服地说："我知道，县大队，就是民兵团。听我堂叔说，村里有民兵连，公社（就是现在的乡或镇）有民兵营，县里，就是民兵团，也可以叫县大队。我说去找县大队，有错吗？"

侯三儿把我们唬住了，一时都没了话。半天，铁蛋说：

“这又不是战争年代，就是打起仗来，就我们这么大的孩子，人家也不要我们呀？”

侯三儿说：“只要打起仗来，就是战争年代。战争年代，谁都有权力打击敌人。”

铁蛋说：“可是，我们没有枪，拿什么打击敌人？”

傻五说：“夺。我们不会从敌人手里夺吗？张嘎子都能用木头手枪夺了一把撸子，我们就不会？对了。”傻五说到这儿认真地说：“要我说，我们应该马上做木头手枪，要不，真的明天仗一打起来，我们现做可就来不及了。”

仿佛明天真的就要打仗一样，我们又开始了怎么才能把枪做得跟真的一样的讨论。讨论来讨论去，我们也没有拿出理想的方案。最后，还是侯三儿把我们又拉回了现实。他说：“打不打仗的，我看不是容易的事，也不是我们想象的那么简单。就是真的打起来了，县大队我们也找不着，人家早进山了。要我说，我们还是想办法干点儿露脸的事吧，哪怕一件也行啊。我们都好好想想，我们能干什么事呢？”

我们想啊想啊，把一切能改变我们形象的事都想遍了，可是一连过了好几天，哪件事也没让我们碰上。我们不由得抱怨道："想要让人们重新认识我们，怎么就这么难呢？"

几天后的一个晚上，小学校的操场上挂起了白白的电影银幕，村里要放电影了，说是南斯拉夫片子《桥》。打仗的，特过瘾。尽管我们在别的村子看了好几遍了，可我们还是想看。当即我们就商量好，吃完晚饭我们一起看电影。

吃过晚饭，我们如约来到了侯三儿家房后的老槐树下。侯三儿家在村子的最后，往北就是大片的庄稼地。这是我们俗成的规矩，平时，不论我们干什么，都是在这棵老槐树下碰头。

侯三儿见我们都到齐了，便十分兴奋地对我们说："有了，我想出好主意了。"

"什么好主意？干什么去？"铁蛋问。

"是啊，什么好主意？"我和傻五也问他。

侯三儿有些不乐意了，说："你们忘了，我们不是要干几件露脸的事吗？"

我们这才想起来，便催他赶快说。

侯三儿这才神秘地对我们说："今晚村里不是放电影吗，我想，趁着人们都看电影的机会，我们把队里的那头花牛拉出来藏到一个谁也找不着的地方。”

性急的铁蛋马上反对，说：“那我们不是又干讨厌的事了吗？让队长知道了，我们就彻底地不是人了。”

我和傻五也冲侯三儿投去了不满的目光。

侯三儿说：“你们等我把话说完好不好？我是说，当队里找不着牛的时候我们再把牛拉回来，我们不就等于是干了一件了不起的事了吗？”

傻五说：“这个主意倒是不错，可是，我们要是没弄好露了馅，那可就像铁蛋说的那样，我们就彻底地不是人了。”

侯三儿坚定地说：“你们放心，只要是我想的主意，百分之百的没问题。”

我们一想也是，便同意了侯三儿的主意。

当电影演到快一半的时候，我们悄悄地摸到了饲养院。侯三儿让我们先藏好后，他一个人摸向了老孙头儿的屋子。很快，侯三儿就回来了，他兴奋地对我们说：“老孙头儿的屋子上着锁呢，看来，他准是偷着看电影去了。快，趁这个机会，我们赶快行动。”

按侯三儿部署好的，我们分头执行着自己的任务。铁蛋负责监视饲养院出口，我负责监视饲养院的进口，侯三儿负责开、关牛棚的门，傻五负责牵牛。一旦发生什么情况，我和铁蛋就学布谷鸟叫，只要他俩听到布谷鸟叫，就立即停止行动。而我和铁蛋听到布谷鸟的叫声后，就知道他们已经将牛从出口牵出去了，就立即绕道追上他们。

我趴在饲养院进口外的一丛蓖麻秧子下，双眼紧紧地盯着路的两头。此时，从小学操场的方向，不断地传来阵阵的枪声。从枪声和喊叫声中，我就知道电影演到哪儿了。听着阵阵的枪声，望着身边的蓖麻秧子，想到自己此时的样子，我真的就有了一种侦察兵的感觉。心中，也就有了些许的激动，便就想到，手里要是有支真手枪就好了……就在我想入非非的时候，我听到了两声布谷鸟的叫声。我一激灵，看看路的两旁没有人影，就赶紧爬了起来，向预定的方向悄悄跑去。很快，我就追上了牵着牛的侯三儿他们。我们谁也不说话，心里很是紧张地牵着牛向村东的旧砖窑走去。

村东的旧砖窑离村子有五里路，要穿过一大片一人多高的玉米地。我们走在玉米地中，心里不由得想起了老孙头给我们讲的鬼怪故事，头皮就开始发麻，连自己的脚步声听着都那么瘆得慌。

我们终于来到了旧砖窑。这个旧砖窑是我们经常来的地方，砖窑的东边有个挖土制砖坯留下的一个大坑，里面盛满了水，是我们常来洗澡的地方。这天中午，我们还在这大坑里洗了一回呢。这个旧砖窑，同样也是我们常玩耍的地方。侯三儿拧亮了手电筒，我们轻车熟路地把牛牵了进去。我们从砖窑的旁边拔了一堆草放在了牛的旁边，又用一些烂树枝将窑的洞口堵好，我们就回家了。在回家的路上我们问侯三儿，要是牛真的跑出去丢了怎么办？侯三儿说："夜里，牛是不会动的，关键的是明天天亮以后。这样吧，明天上午，我和伏天儿不去上学，在这儿看着牛。下午，铁蛋和傻五看着。天黑后，我们一起将牛拉回去。"

中午，我和侯三儿从旧砖窑回家吃饭，刚一进家，就听爸爸说队里的大花牛丢了。

早上，老孙头儿喂牲口，一眼就发现大花牛不见了。因为昨天晚上他偷着看了一会儿电影，可巧又让几个村民看见了，所以他没敢声张，先自己一个人悄悄地找了一遍。当上工的钟声敲响时他还没有找着牛的时候，他才做贼心虚般地告诉了队长。队长一听就火了，当即就冲老孙头儿骂道："牛棚就在你的眼皮底下，那牛又不是一只小鸡子，你怎么就没看见呢？我可告诉你，这牛要是找不回来，我就让你去拉车。”队长猛地想起了什么，又问道：“对了，昨天夜里，你是不是偷着看电影去了？说，到底去没去？”

老孙头儿不敢撒谎，就说只是看了一会儿。

队长更火了，冲他吼道：“你这是失职。告诉你吧，牛要是真的丢了，你得赔偿损失。弄不好，还得吃几天号儿饭。你就等着吧。”队长狠狠地瞪了老孙头儿一眼，急火火地组织人找牛去了。

当年，村里的牲口都是有户口的，不论是怎么死的或是受了什么重伤，都得上报有关部门，还得查出具体原因，该负责任的还得负一定的责任。丢了，就更麻烦。再有，在当时，村里的一头牛要比现在的一辆汽车还要珍贵、还要顶事。耕地、拉车，样样农活儿都离不开牛，何况丢的又是一头母牛。母牛就更金贵，除去干各种农活儿外，还能生小牛。

队长是又生气又心疼再加上着急，牙床子立马就肿了，火就往老孙头儿身上发。老孙头儿因为心里有愧，也只好忍着。他盼望的，就是赶快把牛找回来。可是，十多个人整整找了一天，也没找着一根儿牛毛。天黑后，当最后一个找牛人也是空着手回来时，队长便感到实在是没有指望了。队长长叹了一口气，捂着肿起老高的脸正要连夜去派出所报案的时候，我们牵着牛十分得意地站在了大伙儿的面前。

大伙儿惊诧了有五分钟，这才一起向大花牛围了上去，上上下下左左右右地看了大花牛好几遍，确认不是在做梦后，才把同是惊诧的目光对准了我们。他们像刚才看牛那样又上上下下左左右右看了我们几遍后，才先后说出了一句相同的话："这牛是你们找着的？"

侯三儿点了点头，说："是。"

队长高兴地摸着侯三儿的脑袋问："你们这几个王八蛋，这回可干了一件可人疼的事啊。快说说，你们是在哪儿找着这牛的？"

侯三儿一本正经地说："我们是中午放学回家吃饭时，听大人说队里的牛丢了，一直还没找着。当时我们就下了决心，如果等我们晚上放学还没找着牛，我们就帮助队里找。吃完午饭我们去东大坑洗了一会儿澡，在旧砖窑附近发现了牛脚印，我们就怀疑这牛就在旧砖窑的附近。因为要上课了，我们就赶紧跑回了学校。放学后我们没有回家，就直接去了旧砖窑。我们顺着牛脚印一步一步地找，最后在旧砖窑里找到了这牛。队长，就是这头牛吧？”

“是，是。”大伙儿异口同声地说。

队长挨个儿拍了我们每人一下，说：“好。这回，我要在全体社员大会上好好表扬表扬你们。”

听队长这么一说，我们心里都美滋滋的。

我们自然是得到了全村人的赞许，更是得到了学校的表扬。一时，我们就得意得有些飘飘然了。每每和同学们说起找牛的经过时，我们竟然感到那牛真的就是我们找回来的了。

四

通过找牛这件事，老孙头儿又喜欢上了我们，还一个劲地夸我们。可我们却从老孙头儿的眼神里，看到了一种让我们心虚的目光，这种目光不得不让我们想道：老孙头儿会不会对这件事持有怀疑的态度呢？毕竟，他是十分了解我们的，更了解他的牛。我们的心，也就更不踏实了，总感到不定哪一天，我们的事情就得败露。

果不其然，几天后一个星期日的上午，我们来到老孙头儿的屋子里没待几分钟，老孙头儿就一脸严肃地对我们说："你们这几个嘎小子，本事确实不小啊。"

一听这话，我们的心跳就开始加速了，便想到我们一直担心的事就要发生了。我们不知道该怎么回答老孙头儿的话，只能你看着我我看着他地犯愣，都是一脸的等着挨打的可怜相。此时我们心里都是一个想法，老孙头儿若是揭穿我们的真相后骂我们打我们，我们也得忍着。

老孙头儿挨个儿看了我们几眼后，笑了，说："怎么都属秋后的茄子——蔫了？"

我们还是没有话，都把头低了下去。

老孙头儿又笑了，但只笑了两声便猛地绷起了脸，表情严肃地对我们说："我今天没别的要求，只希望你们给我一句实话。头几天的夜里，是不是你们把大花牛藏起来的？"

"是。"我们几乎是异口同声地回答，而后又都低下了头。

半天，老孙头儿才说："都把头抬起来。"他见我们都把头抬起来了，便语重心长地说："我清楚你们的心思，也了解你们的苦心。可是，你们不能这么干啊，孩子们。要想让人们重新认识你们，不要总想着干什么大事。再说了，就你们几个小玩闹，能干什么大事？不招灾不惹祸，就算你们是好样儿的了。今儿个爷爷跟你们说句实话，藏牛的事，我决不跟任何一人再说了。往后呢，你们该玩还玩，该闹还闹。但是，像偷着骑驴呀，往绿豆汤里撒巴豆呀，藏牛呀，这种悬事就别干了……”

老孙头儿没把这事捅出去，我们打心里感激。当着他的面儿，我们几个全都哭了。我们一哭，老孙头儿也受不了了，只好又一个一个地安慰我们，还打着哈哈对我们说：“就你们玩的这种小把戏，还想瞒我？也就是队长他们那些大傻蛋，全信了你们。”

那天晚上我们刚把大花牛牵回来，老孙头儿就起了疑心。这么老实的一头牛，怎么会跑到离村子五里多远的旧砖窑呢？那么多大人整整找了一天都没找着，这几个坏小子怎么就能轻而易举地找到了呢？联想起我们一系列的所作所为，老孙头儿猛地想到，这丢牛的事会不会也跟这几个坏小子有关呢？一连串的问号，让老孙头儿下了要搞清事实真相的决心。

他先是在第二天的早上对牛棚从里到外进行了一番细致的勘查，结果，他先是在牛棚门外和牛槽边发现了不少小脚印（这是侯三儿和傻五留下的），接着，他又在牛槽里捡到了一把弹弓（傻五的弹弓总爱别在后腰上，准是解牛缰绳时被牛槽帮一剐掉进了槽里）。仅这两样发现，就使老孙头儿心里有了底。为了掌握更确凿的证据，老孙头儿又悄悄地去了一趟旧砖窑。除去在旧砖窑洞口发现了我们和牛的脚印外，还在窑洞里发现了一堆牛屎和一些牛吃剩的草。这些情况足以让老孙头儿肯定了丢牛就是我们搞的鬼。

证据确凿了，可老孙头儿又犯了难。这事情的真相，到底告不告诉队长呢？告诉吧，这几个坏小子肯定是惨了。不告诉吧，自己这失职的黑锅就得背一阵子。老孙头儿左想右想前思后虑，最后决定还是自己背着这黑锅吧。虽说这几个坏小子干的这事确实把自己坑得不浅，可他们的目的还是蛮可人疼的嘛，比起往绿豆汤里放巴豆来说，本质还是大不相同嘛。一句话，还是他们太小，考虑问题太简单了……

就这样，老孙头儿把事情的真相咽到了自己的肚子里。可他为了让我们知道他的良苦用心，更为了让我们明白怎么才能做一个好孩子，就把真相给我们揭穿了。

我们为有这么好的一个孙爷爷而感到高兴，同时又为我们自己这么不争气还净给他老人家添麻烦而感到内疚。于是我们暗暗下了决心，一定要做个好孩子让人们看看。

几周后的一个深夜，我被好长一阵轰轰响的汽车声惊醒了，在汽车的声响中还夹杂着一两句说话声。声音不大，有口音，听不出说的是什么。那时候，村里是很难见到汽车的，又是在深夜，听声音又是那么多的汽车，所以我的睡意立即随声而去。我想爬起来到外面看个究竟，却见爸爸已从他的屋里走了出来。他只看了我一眼就明白了我要干什么，便严厉地对我说："睡觉，天不亮决不能出去。告诉你吧，说不定，要出什么大事了。"爸爸说完这话，转身回了他的屋子。

我只好又躺在了炕上。睡是睡不着了，双眼只能望着黑黑的屋顶发呆。回想着爸爸说的话，我心里开始激动起来。能出什么大事呢？我心里做开了各种奇妙的幻想与某种希望。

好不容易熬到了东方发白，家里的大公鸡也叫了第三遍，我便以上茅房为借口悄悄溜出了院门，向侯三儿家房后的老槐树方向跑去。此时天刚蒙蒙亮。来到侯三儿家房后的老槐树下，侯三儿、铁蛋和傻五已在此等候了。我们嘀咕了几句后，便一起向村街走去。

走近村街，我们头一眼就看见了树下站着两名解放军战士，挺胸抬头，威武庄严地注视着我们。头一次在现实中看到这种场面，加上刺刀尖儿上发出的闪闪寒光，我们的心不由得全都开始嗵嗵地跳了起来。侯三儿这时小声地对我们说："你们看。"说着用手一指。

我们顺着侯三儿手指的方向一看，便看见了村街两边的树干上搭上了好几道皮线。红的、蓝的、白的、黄的、绿的，顺着村街两边的树一直向村西延伸而去。我们的心，自然是又增加了一层兴奋与猜想。我们见这两名解放军战士没有对我们表示什么，便在侯三儿的带领下装作一副无所事事的样子，顺着这些五颜六色的皮线走去。我们每走四五十米，就会看到两名解放军战士，都是挺胸抬头，威武庄严地持着钢枪。这就使我们的兴奋与猜想逐级上升，身上就有了一种说不出来的东西在膨胀。铁蛋望着战士手中的钢枪，伸着大拇指说："真棒。我们什么时候要是也能扛上这真家伙，那多美啊。"

侯三儿捅了铁蛋一下，说："少说话。"

我们顺着这些皮线一直来到了村西的玉米地时，天也基本亮了。此时的玉米地边已经站了不少看热闹的村民和孩子。我们挤进一看，心里不禁更加兴奋与紧张，双手不由得就握成了拳头。一人多高的玉米地里，一辆辆军用卡车并排停在一起，我用眼睛迅速地一数，整整二十辆。旁边，还有三辆中吉普。上百名解放军官兵在紧张地忙碌着，都是一脸的严肃与庄重。而最让我们激动的，是那屹立在玉米地中间的一排高射炮，整整二十门。炮筒斜斜地扬起，一齐对着西北天空。

我们痴痴地望了足有二十分钟。这二十分钟的时间里，我们的脑海里一直出现的都是电影中那炮火连天的场面。我们的心，也随着脑海中的枪炮声冲上了战场……

眼前的一切让我们立即想到了什么。傻五捅了侯三儿一下，激动地问他："是不是要……要打仗了？"

"对，要……要打仗了。"侯三儿同样是很激动地说。

"打仗好啊，只要仗一打起来，我们就像电影《小兵张嘎》里的张嘎子那样，也干点儿英雄的事来。让村里人都看看，我们是什么样的人。"铁蛋说得一身豪气。

"对。"侯三儿说，"最好缴获几支枪。"

“再抓几个俘虏。”我说。

“对。到了那个时候，我们就是英雄了。”傻五说。

侯三儿说:“光当英雄不行，我们还要参军，参加正规部队。你们说，怎么样?”

“好。”我们异口同声地回答。

我们又看了一会儿后，便万分激动地一路小跑回了村子。分手后，我一口气就跑进了家门，冲着全家人喊道:“要打仗了，要打仗了。”当我把看到的 切又夸张地向全家人描述了一遍后，全家人便是好一阵的紧张。奶奶的手一抖，半碗粥就撒在了桌子上，颤抖着说:“天……天哪，怎么说打……就打……打仗了呢?”

村里的大喇叭响了，要全村的大人立即到小学操场开大会，并同时转播了中小学校的通知，通知全体中小学生暂时停课，什么时候开学另行通知。喊喇叭的是村主任，平时，不论是在大喇叭里还是当着全村人的面，他讲话都是滔滔不绝、妙语连珠。可此时，他却把话说得结结巴巴、语无伦次。

我们一听学校停课了，高兴得差一点儿跳起来。说实话，学校就是不停课，我们的学也上不好，一天得有多半天儿逃学。

那么多的高射炮在吸引着我们，我们的学能上得踏实吗?

人们比开任何一个大会到得都齐、到得都快，几乎是在大喇叭刚喊完的同时就全赶到了会场。到场的人个个都是一脸的严肃与紧张，相互说的话都是同样的内容：要打仗了?要打仗了。不少年轻的小伙子（那时全是基干民兵）倒是一脸的兴奋与激动，都说这回可要扛上真枪了，能不能上战场先搁一边儿，这辈子能扛上几天真枪也算没白活呀。

我们手里也痒痒的，都一个劲儿地感叹自己才十三岁而失去了一次摸真枪的机会。此时，一直让我们看不起的那些个基干民兵，眼下却因为他们就要扛上真枪了又让我们羡慕得不行。侯三儿悄悄告诉我们，从现在开始，我们要和那些民兵套近乎。没别的意思，他们要是能扛上枪，我们也好借此机会过过瘾。我们都点了头后，就一起钻到了土台子跟前，盼望着大会马上开始。

大会开始了。村主任刚往土台子上一站，人们立即都住了嘴，双眼直直地盯向了村主任。往常开大会，要想让人们静下来，村主任不大喊一阵、不大骂几句根本不管用。现在如此这般，让村主任很是感动。

村主任一改往日开大会时的嗯嗯啊啊装腔作势，也没了东拉西扯穷白话，而是开门见山地说："大家都听好了，我喊大喇叭时，是刚刚开完公社武装部的紧急电话会（那时凡是紧急会议或通知，大都通过电话传达，既简便又快）。现在，我就把紧急会议的精神传达给大家。"

村主任说到这儿停住了，望了望眼前的村民和一帮孩子，声音有些抖地说："要打仗了。中央军委昨天下午下达的一级战备的命令。凡是我们北京的郊区，基本上都进驻了部队。大家也看到了，我们村西的玉米地里，已经支起了一排高射炮，都是冲着西北的天。西北是谁？是苏修社会帝国主义。当然了，人，他们轻易是到不了咱们这个地方的，主要是飞机。飞机那玩意儿咱们都见过，在咱们头顶上，嗖的一下子就是几十里。要是战斗机，更快，从苏联到咱们这儿，用不了几袋烟的工夫，快得很啊。村西的那些高射炮，就是对付苏联的飞机的。为此，上级指示我们，在一两天之内，全村要挖几个大型的防空洞，各家还要挖一个能容下全家人的小型防空洞。散会后，一家留一个男劳力，挖集体的防空洞，其余的都回家挖自己的防空洞……"村主任又讲了防空洞的挖法与要求后，大会就散了。

人们开始往家走，没了往日的说笑，没了往日的逗趣。

人人是一脸的紧张与茫然，并不时地将目光投向西北的天空，努力地分辨着云朵中的黑点儿是飞机还是鹰。一种久违的战争气氛，无情地笼罩住了整个村子。

战争的气氛，使我们感到自己一下子长大了。离开会场，我们又聚在了侯三儿家房后的老槐树下，望着西北的天空，一本正经地商量着一旦战争真的打响了，我们到底该怎么办。商量来商量去，商量了半天，也没有商量出具体的方案来。最后，我们决定还是应该先帮助家里挖防空洞，挖完防空洞就去看民兵的紧急训练，看完训练再商量。

爸爸到村里挖集体的防空洞了，家里只剩下妈妈一个人了。奶奶岁数已大，两个妹妹又小，头一次，我感到了自己肩上的分量。平时，妈妈是轻易不让我干这种累活儿的，现在也不顾这些了。我平时也不爱干活儿，现在同样也顾不得了。战争二字，使我的身上增添了一股无穷的力量。我紧握铁锹，狠劲儿地挖啊挖啊，很快，我的双手就磨出了泡，每挖一下都钻心地疼。尽管如此，我仍是一声不吭地挖着，并不时地抬起头望望西北的天空，既害怕又希望发现什么异常的情况。奶奶和妹妹们也不闲着，她们搬木头抱秫秸，也忙个不停。

我家的防空洞就设在了大门外的空地上，和左右邻居家防空洞也就间隔二三十米。我发现，平时有隔阂有矛盾的邻居，因为战争，现在也相互关心起来。送根木头或是一小车砖的比平时要好的邻居还要近乎。我家旁边的张家和李家，几年前因为一只鸡闹得一直不说话，一挖防空洞，张家主动让二小子去帮助人手少的李家去挖，感动得李家女人直掉眼泪。我就想，是不是在灾难面前，人心总是很容易连在一起呢？

太阳快落山的时候，我家的防空洞终于挖好了。说是防空洞，其实就是一个长方形的能容下六七口人的大坑。两米多深，上面横几根木头，木头上边铺上玉米秸秆，玉米秸秆上再盖上厚厚的一层土，朝南开个能进能出的斜坡隧道。与其说是防空洞，不如说是一个讲究些的白薯窖。苏联的飞机若是真的飞过来，甭说炸弹，就是投下一块石头砸在上面，也不见得能保证里面的人身安全。尽管如此，在当时的人们心中，这防空洞就是生命的保证。

挖好了防空洞，人们的紧张与恐慌并未减少，尤其是经过战争的老人们，脸上更是多了一层惊恐与绝望。虽说他们总是说自古以来不论什么战事也打不到北京，可现在说的是防备飞机。奶奶说："飞机那玩意儿一眨眼的工夫就是十里八里的，说不定几眨几眨的就眨到头顶了。不然的话，干吗那么多的高射炮指着天？干吗这么急火火地挖防空洞？真要是落下一颗炸弹来，水缸那么大，我的天……"奶奶一说到这儿就哭。

大人和老人们如此这般，我们却不知死活地盼着西北天边传来飞机的声音。那样，村西的那二十门高射炮就会怒吼起来。哇，那可是一种奇观啊，那可是一种亲历的快感与幸福啊！我们想象着那些高射炮怎样地射出一串串的炮弹，敌机怎样地一架架冒着黑烟怪叫着扎进东大坑，把东大坑里的水溅起多高。我们甚至想到了敌人的飞行员若是跳伞的话，我们就用木头手枪将其俘虏。嘿，那该有多么神气啊！到那时候，我们可就……可能战争就是为男人设计的，所以我们才这么兴奋、这么激动，才这么想入非非，才这么不知天高地厚。

吃完晚饭，我们又聚到了侯三儿家的房后。侯三儿神秘地对我们说："民兵的枪取回来了，听我堂叔说，他们每人一杆，大半新的，都上着刺刀。"

我们一听心就开始痒痒，恨不得我们手里也马上有一杆。

傻五说："我们是不是先去看看？"

侯三儿说：“走，看看去。”

我们来到了大队部，看见民兵连长正要给民兵讲话，旁边，还站着两名解放军战士。民兵们的队列显然站得很糟，远远不如我们上体育课时站的队列。然而他们手里有枪，真正上着刺刀的钢枪。加上肩上斜挎的子弹袋（当时我们认为里面全是子弹，后来才知道全是空的）和一脸的正经，就有了好多的威严与了不起。

民兵连长是半年前从部队复员的军人，在部队时是班长。他叫侯志刚，是侯三儿的堂叔。此时，他已完全进入了战前的状态，举手投足完全是一个标准的军人，使得那两名解放军战士都不时地向他投去敬佩的目光。

民兵连长说话了：“同志们，为了使我们民兵尽快地掌握武器的性能和适应战争的需要，驻军首长派了两名优秀的战士来指导我们训练。从现在开始，我们就要吃在一起，住在一起，一切从实战出发。现在，我们以热烈的掌声，欢迎王山同志和齐小兵同志。”民兵连长说完这话，便和全体民兵一起鼓起了掌。

我们都看呆了，心里更是痒痒的。望着民兵们手里闪闪发亮的钢枪，侯三儿对我们说："看人家，多神。"

铁蛋说："是啊，我真想过去摸摸那枪。哎，跟你堂叔说说，让咱们摸摸那枪，怎么样？"

侯三儿瞪了铁蛋一眼，很有些装腔作势地说："那怎么行？枪，哪能随便让小孩子摸呀？要是走了火，怎么办？"

傻五说："不打起来，枪里也装子弹？"

"对。"侯三儿挺内行地说，"听我堂叔说，只……"

铁蛋打断了侯三儿的话，说："别一口一个你堂叔了，平时，他是最讨厌我们的人之一了。你也最恨他。现在他神起来了，你又称他堂叔了。说真格的，你到底说不说？"

侯三儿被铁蛋说得没了话，只好点了点头，说："等他有空了，我好好跟他说说。"

枪，我们自然是没有摸成，还挨了侯三儿堂叔的骂。但我们没有灰心，而且更加信心十足。有空就黏着你们，总会有机会的。

五

民兵训练的场地就是村西的一块空地，离高射炮阵地也就半里地的距离。第二天早饭后，我们就来到了这里。此时，民兵们还没有正式训练，都坐在地上擦枪。仨一群俩一伙儿的擦得挺认真，有说有笑的，神气的样子让我们嫉妒得真想上去踢他们几脚。我们的目的就是想摸摸枪，所以得想办法。找侯三儿的堂叔肯定没戏不说，弄不好还得挨他一顿骂，不值。怎么才能摸到枪呢？我们真有些抓耳挠腮了。

这时，侯三儿指着一个叫强子的小伙子对铁蛋说："哎，那强子不是正跟你老姑搞对象吗？你去跟他说说，看在你老姑的面子上，他敢不让咱们摸？"

"行吗？"铁蛋问。

侯三儿对铁蛋鼓励道："肯定行。他对你老姑那么好，你带着我们去求他，这点儿面子，他会给我们的。"

铁蛋在我们的一再鼓励下终于增强了信心，便满怀信心地带着我们走到了强子的面前。强子见了我们先是一愣，接着对铁蛋很客气地说："你们干什么来了？"

铁蛋嘿嘿一笑，说：“叔叔，你真神啊。”说完，我们都冲他伸出了大拇指。

“那当然。”强子自豪地说。

铁蛋又是嘿嘿一笑，接着就哀求地对强子说：“叔叔，我们……我们想摸摸你的枪，行吗？”

强子赶紧将枪抱在了怀里，警惕地看了我们几眼，说：“你们可别胡闹，这可不是闹着玩的。要我说，你们赶快离开这里吧。”

我们几乎是异口同声地对强子说：“我们只摸一下。求求你了，我们只摸一下，行吗？”

强子一下变了脸，冲我们大喝：“不行！走，赶快给我走。”

这时，众民兵和那两位解放军战士的目光便一齐对准了我们。当即，我们便有了当众被扒光了衣服的感觉。我们感到我们的自尊心受到了前所未有的侮辱，一股怒火在我们心中油然而起。铁蛋的脸涨得像块红布，他恼怒地盯了强子两眼，猛地对强子说：“你有什么牛的？甭美，有你哭的时候。”说完冲我们一挥手，带着我们就走。

我们怀着一肚子的遗憾与怨气毫无目的地走了一会儿，

侯三儿站住了，说：“我们不能就这么瞎走啊，得找点儿事干啊。”

我们看着侯三儿，一齐对他说：“你发话吧，干什么都行。”

侯三儿望了一眼高射炮的方向，说：“干脆，我们到高射炮阵地看高射炮去，怎么样？”

我们一听就来了精神，便跟着侯三儿向高射炮阵地方向跑去。等我们跑到高射炮阵地时，才知道事情并不像我们想象的那么简单，高射炮阵地的周围，早已围上了铁丝网。甭说进里面了，就是在紧挨铁丝网的外面站着都不让了。

我们刚走近铁丝网，哨兵就冲我们摆手，让我们赶快离开这里。除去态度比强子他们好些外，其余的和强子他们没什么两样，都是一副盛气凌人的架势。我们只好沮丧地离开了铁丝网，站在远处望着高射炮发呆。此时，我们真的希望天空出现几架敌机，看看这些高射炮到底是怎么把敌机打下来的。让我们失望的是，我们扬着脖子在天空寻找了老半天，甭说敌机的影子了，连老鹰的影子也没出现过一次。

我们揉着发酸的脖子，请我们的军师侯三儿出主意。侯三儿想了半天，眼睛猛地一亮，说：“有了。”接着他问傻五：

“你家有几只羊？”

“九只。你问这个干吗？”傻五不解地问。

侯三儿没理他，接着问铁蛋：“你家有几只鸭子？”

铁蛋说：“十七只。”

侯三儿没容铁蛋问什么又接着问我：“你家有几只兔子？”

我已清楚了侯三儿的目的，便直截了当地说：“放心吧，我能拿出两只来，每只都在三斤以上。”

侯三儿佩服地冲我伸了伸大拇指，说：“我拿两只鹅。”接着对铁蛋说：“你拿两只鸭子。”

“干吗？”铁蛋也不解地问。

侯三儿没理他，对傻五说：“你拉一只羊。”

傻五还是没有明白，又问侯三儿：“你这到底是要干吗呀？”

“慰问解放军叔叔。这样一来，我们还愁摸不上高射炮吗？等我们和解放军叔叔混熟了，不但能摸上高射炮，我们还可以给他们递炮弹。得空儿的时候，我们兴许还能开上几炮呢，要是再打下一架敌机来，嘿，我们可比他们民兵还牛呢。你说，这是不是天大的好事？”

傻五这回明白了，可他不满地对侯三儿说：“好事是好事，可是，你们三个人拿的东西加一块儿，也没有我的一只羊多啊。再说了，要是让我爸知道了，还不打死我呀？”

我们全笑了。

侯三儿止住了笑，对傻五说：“我们几个人的家里，就你家跟别人家不一样，什么都不养专养羊。那怎么办？你总不能什么也不拿吧？”

傻五没的说了，眼珠转了转说：“要不，我拿烟叶，把我爷爷的烟叶全拿出来，行不行？”

侯三儿瞪了傻五一眼，说：“解放军不抽烟。说痛快的，你到底是拿不拿一只羊？要是舍不得就算了。我还告诉你，要是我们跟他们的首长混熟了，我们没准儿还能当上兵呢。到时候，你后悔都来不及了。”

傻五一听这个，马上一拍胸膛，坚定地说：“拉。不就是一只羊吗，你说，咱们什么时候把这些东西给解放军叔叔送去？”

侯三儿说：“得等中午，趁着大人歇晌的时候，我们再……”

下午一点钟左右，我抱着两只兔子悄悄地来到了侯三儿家的房后。此时，抱着两只鹅的侯三儿和抱着两只鸭子的铁蛋已经在此等候了。我们等了半天还不见傻五把羊拉来，就说，傻五是不是变卦了？侯三儿说：“不会，一只羊那么大，弄出来不是那么容易的。别着急，再等一会儿。”

我们又等了足有半个小时，傻五才拉着羊鬼鬼祟祟地从右边的小河沟里爬了上来。我们一看他拉来的这只羊，气就都顶上了脑门。那是一只长也就六十厘米，高也就四十厘米的小山羊羔子。这是一种长到死也长不了二十斤重的土羊，而且肉又老又膻，难吃得很。侯三儿气得踢了那羊一脚，不满地对傻五说：“你怎么没逮一只耗子来啊？这是羊吗？”

傻五不服气地说：“不是羊是什么？你能叫它猫吗？”

侯三儿说：“你们家那么多只羊，没有再比这只小的了吧？”

傻五不干了，把嘴一撅，赌气地大声说道：“生产队的驴大，你们怎么不拉一头去啊？你们还别嫌这羊小，不然，我还拉回去，怎么样？”

我和铁蛋刚要说什么，被侯三儿拦住了。他冲傻五笑了一下，说：“行了，说你的羊小，并没说不行。再说了，这羊再小也是羊，不能说是兔子是不是？”侯三儿说到这儿冲我眨了眨眼，那意思是我别在意。

我理解侯三儿的意思，他是怕傻五一犟劲把我们这事给搅黄了。于是我嘿嘿一笑对傻五说："就是，你的羊再小，也比我们拿的多。走，我们走吧。"说完这话，我捅了铁蛋一下。

铁蛋也明白了，也冲傻五一笑，说："侯三儿说着玩的，你别往心里去。我们走吧。"

傻五这才有了笑脸，说："我们不能顺着大道走，要走小道儿，这样才能不让人看见。"他一指右边的小河沟，说："我们从小河沟过去。往北，穿过玉米地中的小道儿，再从高粱地边儿往南绕，就能绕到高射炮阵地的大门前了。"

侯三儿对傻五说："好，就听你的。走，我们走吧。"

傻五拉着羊在前，我们在后，越过小河沟，往北走了二百米左右，就一头钻进了一人多高的玉米地……我们左拐右绕了足有一个小时，终于浑身是汗地绕到了解放军的高射炮阵地。我们擦干了脸上的汗，稳了稳激动的心，又背了一遍该说的话，这才大摇大摆地向高射炮阵地的大门走去。

哨兵把我们拦在了门外，望着我们手里的东西，不解地问：“你们这是干吗呀？”

侯三儿冲哨兵一笑，说：“我们是慰问解放军叔叔的。”

“是谁让你们来的？”

“谁也没让我们来，是我们自己要来的。”

哨兵看了一眼傻五拉的那只山羊羔子，要乐却没有乐出来。他想了想，抓起电话摇了几下，说：“报告张连长，我是门卫赵东。门外来了四个小孩儿，说是慰问我们的。拿了有两只兔子，两只鸭子，两只鹅，还有一只羊。问了，他们说是他们自己要来的。好。”哨兵放下了电话，对我们说：“你们稍等一会儿，我们高炮团警卫连的张连长马上就到。”

十分钟后，张连长来到了我们面前。他先做了自我介绍，接着便十分和蔼地问我们：“你们谁是头儿啊？换句话说，是谁出的主意来慰问我们的呀？”

侯三儿往前站了一步，说：“连长叔叔，是我。”

连长笑了，说：“好，好啊。孩子们，你们的这种想法，很好啊。可是，我要问你们，你们拿了家里这么多的东西，你们家长知道吗？”

侯三儿摇了摇头，说："不知道。我们是偷偷拿出来的。"

连长笑了，说："这可不好啊。不征得家长的同意就往外拿东西，不好。再说了，我们是人民的子弟兵，要执行'三大纪律八项注意'，是不能拿群众一针一线的。好孩子，听话，赶快把这些家畜拿回去吧，啊。"

我们一听就傻了，都把目光对准了侯三儿。

侯三儿明白我们的意思，便哀求地对连长说："连长叔叔，您就收下吧。请您放心，我们家长知道了也会支持我们的。"他说着冲我们使了个眼色。

我们明白了，便一齐把手里的鸭子、兔子和鹅往连长怀里塞。傻五抱起那只山羊羔子就往哨兵怀里塞，急得哨兵直往一边闪。一时间，情景就有些乱。

连长一下子变了脸，严厉地喊了一句："胡闹。"

我们吓了一跳，都一时愣住了，双眼怯怯地望着连长。

连长挨个儿看了我们一眼，严肃地对侯三儿说："既然你是头儿，那我就问你，说实话，你们的真正目的到底是什么？"

侯三儿眨了眨眼，一本正经地说："报告连长，我们想当兵，您能收下我们吗？”

连长又笑了，显得有些动情地说：“孩子，想当兵是好事啊。可是，你们还小啊，等长到了十八岁，才有当兵的资格呢。”

铁蛋说：“可是，我们现在才十三岁啊，什么时候才能长到十八岁啊？”

连长说：“快，你们很快就会长到十八岁的。”

傻五说：“那……叔叔，我们……我们能进里面摸摸那些高射炮吗？”

听傻五这么一说，我们几个就缠上了连长，非要进去摸摸高射炮不可，并且要往里跑。

连长又一次变了脸，比上次更严厉地说：“这是阵地，不是你们胡闹的地方。我可告诉你们，现在是一级战备的紧要关头，任何时候都有战斗打响的可能。一旦战斗打响，你们的生命就会受到威胁。”连长见我们被震住了，态度变得和蔼了许多，对我们说：“好孩子们，听话，这里不是你们玩的地方，赶快回家吧。晚上，全村还要搞防空演习呢。说不定什么时候，战争就打起来了。听话，赶快回到家人的身边吧……”

一听防空演习，我们的心就又激动了起来。看到我们的计划彻底没戏了，我们也只好拉着羊抱着这些家畜怏怏不乐地回去了。

吃晚饭的时候，家家都飘出了饭香、肉香。我家的饭桌上，一盆儿鸡肉，一盆儿兔肉，一大盆白面馒头。要知道，在那个年代，村人的生活还是很艰苦的，像这样的好东西只有到了春节才能吃上两三顿。现在不年不节的如此食用，足以证明当时的人们是一种什么心态了。大人们是没有食欲的，只是我和妹妹们大饱了口福。望着美美地吃着的我和妹妹，奶奶竟流了泪，并喃喃地说："吃吧，吃吧。到底是孩子，知道什么呢？唉！过得好好的，招谁惹谁了？干吗要拿飞机吓唬我们呢？哪儿的事呀这是？"听奶奶这口气，仿佛吃完这顿饭天上就要下炸弹了。

爸爸挺烦地对奶奶说："别说了您。甭说敌机没来，就是来了，咱村西的那些高射炮是干什么的？再说往北不知还有多少高射炮呢，到不了张家口，就全给打下来了。"

我也大人似的安慰奶奶说："奶奶，您甭害怕。现在的中国，可不是任人欺负的中国了。我们有大炮，有飞机，有导弹，还有那么多的解放军，谁都不怕。敌人的飞机就是真的到了咱们这边儿，咣咣咣，一阵大炮，就全给他们打下来。到时候，我就……"

我的话没说完就被爸爸打断了，没好气地说："小孩子家懂得什么？快吃，从今晚开始，不定什么时候就搞防空演习。警报器一响，咱们就往防空洞里钻。"接着，爸爸做了钻防空洞的具体安排。爸爸背着奶奶在前，我和妈妈拉着两个妹妹在后，并要求我们不喊不叫。

一提防空演习，我的精神立即又来了。我一边啃着鸡大腿，一边想象着警报响后的情景，全村那么多的男男女女老老少少，都争先恐后地往防空洞里钻，一定是很好玩的事。想到这儿，我就想去找侯三儿他们，可我还没走出院门，就被爸爸喝了回来。没办法，我只好老老实实地在家等着警报器的响声了。此时，天已基本黑了。奶奶双眼痴呆呆地望着窗外，浑身在紧张地哆嗦着。

防空演习，使本来就紧张到了极点的人们又增加了一层临战前的恐慌。明知是演习，可都认为不是演习，总认为警报一响就有真情况，飞机就会真的飞到头顶。所以，人人都已整装待发，只等警报一响就往防空洞里钻。有的人家为了安全，干脆提早就钻进了防空洞。

警报是夜里两点左右响的。此时，大部分人家都已熬得人困马乏而和衣躺下进入了梦乡。迷迷糊糊中，警报就鬼哭狼嚎般响了起来。警报器是对着麦克风嚎的，又是开到了最高的音量，所以大喇叭的声音就比平时提高了好几倍。那声音比金属划在玻璃上传出的声音还要刺耳还要难听，立即就响遍了村中的任何一个漆黑的角落，打着旋儿往人们的耳朵里钻。顿时，人们便开始扶老携幼地往防空洞里钻。

整个村子立即乱成了一锅粥。孩子哭大人嚷，鸡也鸣狗也叫，连麻雀们也都叽叽喳喳、无比惊慌地在黑黑的天空中乱飞乱撞。

爸爸跑得太急，天又黑，在就要钻进防空洞时脚下一滑摔倒了。等爸爸爬起来扶奶奶时，奶奶死活不起来了，并抖抖地说："我不钻了，你……你们快……快钻吧。"

爸爸急了，几乎是在吼："不行。"接着便连搀带拽就把奶奶拖进了防空洞。待我们全家都钻进防空洞里后，警报器还在一个劲儿地嚎。上边有规定不许点蜡不许打手电，说是丁点儿的亮光就会引来敌机，于是一家人只好摸着黑在洞里待着。谁都不说话，但都能听见对方咚咚的心跳声和急促的喘气声。

我趴在防空洞的洞口，环视着四周朦胧的房子、大树和天空，听着还在嚎叫的警报器，脑子里便转开了电影中那敌机轰炸的场面，浑身不禁开始颤抖起来……

二十分钟后，警报停了，大喇叭也下了解除警报的通知。

六

第二天吃完了早饭，爸爸终于放我出去了。我像一只跳出羊圈的山羊，按照昨天的约定，一路向侯三儿家房后跑去。老槐树下，侯三儿和铁蛋已经在此等候了，见着我的头一句话就说傻五家的那只山羊羔子死了，傻五的爸爸不但打了他一顿，还不让他出来了。我愣了一下，问侯三儿："昨天那羊不是好好的吗，怎么会死了呢？什么时候死的？"

侯三儿说："昨天他把那只羊拉出来不一会儿，他爸爸就发现那只羊不见了，就开始找，一直也没找着。后来，他把那羊拉回家时正好让他爸爸看见，他爸爸就问他拉羊干什么去了。开始，他说拉出去放来着，可他爸爸不信，一巴掌上去就让他说了实话。他爸爸一听更火了，就暴打了他一顿。他窝了一肚子火没处撒，就把火撒在了那羊身上。两脚，就把那羊给踢死了。他爸爸又打了他一顿，还说肉一点儿都不给他吃，也不让他出来。”

我和铁蛋直乐。

侯三儿还要说什么，只见傻五一溜烟儿跑了过来，气喘吁吁地对我们说：“我……我是偷……偷着跑出来的。”

铁蛋说：“那你不怕你爸爸还打你？”

“爱打不打，反正我……我也不怕。”傻五摸了摸脑袋上那个被打的大包，说，“夜里防空演习，你们都……都害怕没有？”

侯三儿嘿嘿一笑，说：“说实话，我还真有点儿害怕了。那警报器的声音，跟鬼叫似的，太难听了。要是有敌机在别处飞，冲那警报器的声音，也得把敌机给招来。”

“可不是嘛！”铁蛋说，“警报器一响，我就想撒尿。”

我说：“我倒是没想撒尿，就是怕敌机真的来了。我一想起电影里那敌机轰炸的情景，我就害怕了。”

侯三儿说:"关键的是我们手里没有枪,要是有一杆真枪,或是高射炮什么的,我们就什么也不怕了。"

铁蛋说:"可是,我们上哪儿弄真枪去啊?"

"没地儿弄去。"我和傻五异口同声地说。

侯三儿愣了一下,说:"对了,我们有两天没去老孙头儿那儿了,是不是看看去?"

"对,看看去。"我们三个人都说。

我们来到老孙头儿的饲养室时,老孙头儿正在煮料,见我们来了,脸上立即露出了笑容,笑骂着对我们说:"你们这几个小兔崽子,这两天上哪儿野去了?"

"您猜。"我们几乎是异口同声地说。

老孙头儿哈哈一笑,说:"还用猜吗?你们这几个嘎小子,一撅屁股,我就知道你们要拉什么屎。还能去哪儿?一个是民兵的训练场地,一个是高射炮阵地。我要是说错了,改姓。"

我们几个都笑了。侯三儿说:"真让您给猜着了。孙爷爷,您说,这仗能打起来吗?"

老孙头儿的脸一下子沉了下来,说:"难说啊。看这架势,八成儿得打起来。"

“太好了。”我们又几乎是异口同声地说。

“好什么好？”老孙头儿瞪了我们一眼，说：“打仗可不是好玩的，要死人的。你们说好，好在哪儿了？”

侯三儿说：“只要一打仗，我们就可以从敌人手里夺枪，像电影《小兵张嘎》里的张嘎子那样，干出让村里人看得起的事来。到那时，我们就拿着缴获的枪去参军，当真正的解放军，多神气！”

老孙头儿乐了，说：“你们这是异想天开啊。你们也不想想这是什么年代了。现在不是以前，是人就能当兵了。对了，这两天，是不是都让民兵手里的枪和那些高射炮给迷住了？”

一听这个，我们脸上都露出了不快的神情。傻五说：“迷住了管什么？我们想摸摸民兵的枪，他们都不让。想摸摸那些高射炮，人家连铁丝网的大门都不让进，烦死了。”

老孙头儿又笑了，说：“你们还想干什么？还想开它几炮是不是？人家不让你们进，是怕你们把那些大炮给弄响了。就你们这几块料，什么事干不出来？什么事不敢干？”

侯三儿一本正经地对老孙头儿说：“孙爷爷，这回，我们不是瞎闹的，是想干出几件大事来，好让人们真正地看得起我们。”

老孙头儿挨个儿看了我们一眼，微笑着点了点头，说："好啊，你们这种想法是好的。可是，你们的想法不切合实际啊。虽说你们的胆子不小，可仗要是真的打起来，你们就知道什么叫残酷了，什么叫希望和平了。"老孙头儿见傻五老是摸头上的包，就走近傻五。一看这么大的一个包，就乐了，问道："这包，是怎么来的？"

我们几个就乐。

接着，傻五就把挨打的前前后后说了一遍。老孙头儿听后"唉"了一声说："你们呀，真是又可爱又可气啊。可爱的是，你们难得有了这种积极上进的心。可气的是，你们的行动还是没离开恶作剧。从家里往外偷羊偷鸭地去慰问？你们想想，是事吗？再说了，要想干几件让人们对你们刮目相看的事，除去像你们说的什么从敌人手里缴获武器了，什么给人家递炮弹了，什么又要带着枪参军了，这些都是不着边儿的事啊。小子们，只要看准了道儿，任何时候任何时间都能干出让人们刮目相看的事来的……"

老孙头儿的一番话，头一次让我们明白了好多道理。

人们在经历了多次不论黑夜或白天的防空演习后，逐渐从紧张与恐慌中走了出来，但是战争的阴影仍笼罩在人们的心头，大家仍会警惕地注视着西北的天空。对于我们来说，最大的收获就是有了更加自由的空间。这样就足够了，因为我们就可以去干我们想干的事了。我们想干的事很多，但哪一件也不给我们机会。

虽说我们已经认识到战争不是好玩的，可枪和高射炮对我们的诱惑仍是有增无减，并且我们更加强烈地认识到，越是战争，枪和炮越是男子汉的象征。此时的我们，已经不满足于仅仅是摸一下枪和高射炮了（尽管我们什么也还没摸着），我们想的是紧紧地握着它们，想的是用它们向空中的敌机射击，将敌机一架一架地击落。像电影里演的那样，让敌机冒着烟扎进东大坑。

我们这么想着，手就一阵阵地发痒，就时常一声不吭地坐在民兵训练场地的旁边，望着他们手中的钢枪浮想联翩。或是趴在高射炮阵地不远处的土坡上，望着那些高射炮发呆……那些天的日子里，我们完全被枪和高射炮给迷住了，至于战争的无情与残酷，我们根本不去想了，我们想的就是什么时候我们才能使用这些武器勇敢地面对我们的敌人。

老天不合时宜地下起了大雨，而且下起来就没完没了。这个季节还下这么大的雨实属罕见，而在战争气氛如此浓的状况下下这么大的雨，更是让人烦上加烦。大人们烦的是防空洞里已经开始进水，仗一旦打起来可怎么办？我们烦的是一下雨我们就只能窝在家里。那时的村人很少有雨具的，下雨了就待在家里哪儿也不去，不出去不行了也就披条旧麻袋。

大雨一连下了整整三天三夜也没有停的意思。河水涨得上了岸，沟壕都是水，家家的防空洞也成了蓄水池。到处都是蛤蟆的叫声，比赛般地咯咯咯、呱呱呱，低一声、高一声，谁也不服谁。好几次我都想冒着雨去找侯三儿他们，都被爸爸给吼了回来。没办法，我只好忍着一肚子的积怨冲着满院子的积水发呆。

就在这天后半夜的四点多钟，一阵急促的钟声响了。对于当时的村民们来说，那节铁轨的声音就是命令，号召力不比那类似鬼嚎般的警报器声音差。不论什么时间，只要钟声一响，村民们就会迅速赶到场院。这个时候钟响得又是这么急促，无疑是因为这连下了几天的大雨而发生了什么紧急情况。爸爸和妈妈比防空演习时的动作还要利索，迅速穿好了衣服，每人披块塑料布就冲进了大雨中。我二话没说也穿好了衣服，抓起一顶破草帽扣在头上，顶着大雨向侯三儿家的房后跑去。这是我们的新约定，除去防空演习，不论什么时间发生什么情况，我们都要到侯三儿家房后那棵老槐树下集合。目的，就是要借此机会干些什么。

我们四个人很快就到齐了，侯三儿说：“队里的钟敲得这么急，准是有情况。你们说，能是什么情况呢？”

铁蛋说：“不会是敌机要来吧？”

傻五说：“去你的吧，敌机要来警报器为什么不叫唤？”

“那你说是什么？”铁蛋不服地说。

“行了。”侯三儿挺烦地对他俩说了一句后又说，“不管发生了什么事情，我们得先去看看。走。”他一挥手，便带领我们向场院跑去。

到了场院一看，才知道人们正在紧张地从旧库房里往外抢麦种子。旧库房不但已经进了水，而且房顶已经漏了几个大窟窿，随时都有倒塌的危险。就在我们正不知能干些什么的时候，十几名解放军战士在张连长的带领下赶到了，他们二话没说就投入了抢麦种子的行列。侯三儿冲我们说了一句：

“上。”就率领我们冲了上去。可是，还没容我们上前，就被范队长发现了。他粗暴地冲我们吼道：“滚。你们这几个兔崽子，添什么乱？滚，快滚。”

侯三儿也急了，大声地对范队长说：“队长，我们不是添乱，我们是学解放军叔叔那样，帮助抢队里的麦种子的。”说着又要往前上。

队长急了，顺手抄起了一把扫帚，边扑打我们边骂：“你们这几个兔崽子，别给我帮倒忙了。滚，快给我滚吧。”

没办法，我们只好怏怏地离开了场院。傻五气哼哼地说：“队长太霸道了，赶明儿有了机会，非得治治他。”

铁蛋说：“治不治他的先撂一边，现在，我们干什么去啊？”

“对了。”侯三儿猛地想起了什么，说，“我们到孙爷爷那儿看看去，说不定他有什么需要我们帮忙的呢。走。”侯三儿就带我们奔向了饲养院。

饲养院在场院的最西头，穿过一道墙的小门就是。为了不和队长再发生摩擦，我们绕到了饲养院的后门，从后门走了进去。我们走到马棚前时，都大吃一惊。只见老孙头儿一边骂着一边正在拼命地扒着已经倒塌了一半的马棚，他见我们来了，眼里立即放出了希望之光。他喘着粗气对我们说："好小子们，快……快扒，大……大白马和它的小马驹儿，还在里面呢。队长这个龟孙子，他……他只想着麦种子，不想着这些命……命根子啊。"

此时的侯三儿就像一名指挥官，鼓着双眼对我们大声地说："快！我们一定要把大白马和小马驹儿救出来。"说完便带领我们拼命地扒开了。

我们扒啊扒啊，很快，我们的双手就磨出了泡，又很快磨出了血，每扒一下都是钻心的疼。可是，此时的我们把什么都扔在了脑后，什么枪和高射炮了，什么敌机和战争了……此时我们想的，就是赶快把大白马和小马驹儿抢救出来。

天蒙蒙亮的时候，我们终于把倒塌的碎砖烂瓦扒到了一边，看到了里面的大白马和小马驹儿。老孙头儿攥住大白马的笼头往外拉，可它就是不往外走，那小马驹儿紧紧地靠在大白马的身边，也是一动不动。望着那半间随时都会倒塌的马棚，老孙头儿急得直叫妈。这时，侯三儿果断地对老孙头儿说："孙爷爷，我和铁蛋到里面去推，你们几个拉。"说着就和铁蛋钻了进去。老孙头儿激动地对侯三儿和铁蛋说："孩子，千万要当心啊，千万要当心啊。”

此时，侯三儿和铁蛋用肩膀紧紧地顶住大白马的屁股，一边用劲一边喊：“一二三，一二三，一二三……”

老孙头和我、傻五在外面合着侯三儿他俩的喊声，一步一步将大白马和小马驹儿拉出了那半间还没有倒塌的马棚。就在大白马和小马驹儿刚刚走出那半间马棚时，轰隆一声，那马棚彻底倒塌了。侯三儿和铁蛋，被捂在了里面。

“侯三儿——铁蛋——”我和傻五哭喊着，发疯似的扒着……

老孙头儿“哇”的一声哭了，喊着：“我的好孙子哎，我的好孙子哎……”也拼着命扒开了。

好在这个时候，范队长和张连长他们带着人来了，几分钟的工夫，就把侯三儿和铁蛋扒了出来。此时的侯三儿和铁蛋，已经昏迷了过去。

范队长紧紧搂着侯三儿和铁蛋，哭着对张连长说：“张连长，快……快救救这俩孩子吧。”那时候，人们不论遇到什么样的困难与危险，只要有解放军在，就把全部希望寄托在了解放军身上。张连长很内行地看了看侯三儿和铁蛋的情况，十分有把握地对队长说："放心吧范队长，这俩孩子交给我了。我保证，这俩孩子什么问题也不会有的。"接着他就命令几名战士，像救护伤员那样，背起侯三儿和铁蛋就向兵营跑去。我和傻五正不知该不该跟着去时，张连长看了一眼我俩满是鲜血的手，心疼地对范队长说："这俩孩子也得跟我走，他俩手上的伤，也得包扎一下。"就这样，我和傻五跟着张连长也来到了高射炮阵地。

正如张连长说的那样，侯三儿和铁蛋确实什么事也没有，只是身上有的地方擦破了点儿皮。到了张连长他们的医务室不大一会儿，他俩就苏醒了过来。

上午十点多，我们四个人在张连长的邀请下，参观了高射炮阵地。让我们兴奋的也让我们终生难忘的是，我们在张连长的指导下，每个人都坐在炮手的座位上过了一次炮手的瘾。当我坐在炮手的座位上，双手握着发射的把手，右眼的目光透过瞄准器射向天空时，一股热量和神圣感即刻传遍了我的全身。此时此刻，我觉得自己就是一名光荣的解放军战士了……

这次，我们真正是干了一件让人伸大拇指的事。我们不但受到了村里和学校的表扬，还受到了县报记者的采访，县报的记者在临别时告诉我们，我们的英雄事迹不久就要在县报上发表。人们再也不用以前的眼光看我们了，尤其是老孙头儿，简直要把我们捧上天了，见了谁都夸我们。老人家夸我们时的那自豪劲儿，好像是在夸他自己的亲孙子。面对这种突如其来的荣誉，我们竟一时不知如何是好了。本来狂野惯了的我们，一下子感到被什么东西罩住了，说话、走路，举手投足都感到不是自己了。我们的心，被系上了一个无形的扣儿。

我们聚在侯三儿家房后的老槐树下，没了往日那商量如何偷瓜时的神秘，没了商量如何拉出队里的驴当马骑时的兴奋，更没了商量如何能摸到枪和高射炮时的激动……

傻五说："其实，当英雄也不是什么太好的事，想干什么都不好意思干了。"

"可不是嘛。"铁蛋说，"往后，我们再也别想偷队里的黄瓜吃了，再也别想在人们面前装日本鬼子了。"

我说："是不是光屁股在东大坑洗澡都不行了？"

傻五说："干脆，这个英雄，我们不当了，省得干什么都受了限制。我们才十三岁，哪儿就长大了？等我们长到十八岁当了兵，再当英雄，多好。"

一直没说话的侯三儿说话了："要我说，咱们别拿这个英雄太当事了就行，别人爱怎么看就怎么看，爱怎么说就怎么说。我们，还是我们，该干什么还干什么。不过有一点我们要记住，讨人嫌的事，我们还是尽量少干为好。毕竟，我们还是希望人们对我们刮目相看的。"

侯三儿的话，把我们心里的扣儿解开了许多。

几天后的一个夜里，我又被一阵阵的汽车声惊醒。仔细一听，像是一辆辆的汽车开出村子的声音。我一激灵马上想到了什么，便不顾爸爸和妈妈的反对，迅速穿好了衣服就往外跑。打开街门，正好碰上找我的侯三儿、铁蛋和傻五。侯三儿急急地对我说："走了，张连长和高炮团的人，都走了。快，我们赶紧看看去吧。"说着话，我们就向村街跑去。

我们跑到村街，就见一辆辆拉着高射炮的军车正慢慢地向村外开去。我们站住看了几眼，就随着军车慢慢地跑了起来。当我们随着军车跑了有一里路的时候，一辆吉普车停在了我们的身边。我们站住了，双眼一齐盯向了吉普车。车门打开，张连长从车里走了下来。我们一见是张连长，便都迎了上去。傻五哽咽着嗓子对张连长说："张连长，你们……为什么要走啊？”

张连长挨个儿抚摸了我们一下，说：“这是命令。军人就是这样，说走就走，说停就停。”

“那，你们去哪儿？”侯三儿问。

张连长笑了，说：“这是军事机密，不能说的。孩子们，战争的警报已经解除了，你们也该踏踏实实地上学了。”

“什么，仗不打了？”侯三儿十分惋惜地说。

张连长轻轻拍了一下侯三儿，说：“孩子，战争可不是好玩的，你们没有赶上，那是你们的福气啊。记住，好好念书，才是你们的任务。行了，赶快回家吧，啊。”

铁蛋说：“张连长，您带我们走吧，我们要参加解放军。”

张连长又笑了，说：“我不是早就跟你们说过了吗？参军，得等到十八岁啊。”张连长说着从挎包里摸出了四个小笔记本，边递给我们边说：“留个纪念。”说完又十分严肃地对我们说：“再见了。”接着就给我们敬了个军礼，拉开车门就钻了进去。车开起的那一刻，他从车窗探出头来对我们说：“快长吧，孩子们，到时候，你们都是个好兵。再见了孩子们——”

望着越来越远的吉普车，我们都流出了眼泪。望着渐渐消失在夜色中的军车队，我们的心中涌出了阵阵的失落与茫然……

张连长送给我们的笔记本封面上的八个红色大字是：好好学习，天天向上。

这就是我们的十三岁，这就是在我们十三岁时所发生的一些故事的片断。尽管那时的我们狂野得令人头疼，可这些是我们的真实写照，好多事情的来龙去脉，现在想起来仍是那么清晰、那么记忆犹新。

多少年后我们提起我们的十三岁时，记忆最深的还是那些高射炮和那位让我们过了一会儿炮手瘾的张连长。说起那场没有打起来的仗，后来参加过对越自卫反击战的侯三儿总是心有余悸地对我们说：“正如当年张连长说的那样，战争不是好玩的，谁没有赶上，就是谁的福气。”

吴福旺

郑武文

一

仰头老婆低头汉，这是阳城人最忌讳的。可是就那么巧，全都应在了吴福旺两口子身上。两个人走在一起，一个矮胖，脑袋看着地面，好像总在找东西；另一个，哦，也就是吴福旺的老婆刘彩花，却是昂首阔步，高跟鞋踩得地面咔咔响，而且足足比吴福旺高出了半个头。

这样的两口子，你一定会以为老婆在家自然是有至高无上的地位。好花都让猪拱了，这吴福旺既没钱又没长相，守着如花似玉的媳妇，每天给她洗脚都是烧高香了。可实际上吴福旺还是很有话语权的，平时沉默，说出话来砸地上就一个坑。刘彩花说，能咋的，这人一条道跑到黑，总得有个人让两步吧？凑合着过呗，还能离咋的？脸上却笑嘻嘻的，显然很满意这种生活。

两口子都在一家机械厂上班，吴福旺干车床，刘彩花干磨床。后来厂长慧眼识花，就把刘彩花调到了厂长办公室。办公室人员不用干活，可是要迎来送往接待客户，有时还需要陪同领导出差。

吴福旺一根筋，刘彩花陪客户吃饭，他就在饭店外面等着，即使是冬天，凛冽的寒风也不怕，而且会时不时打电话，这让厂长很懊恼："就你老婆是朵花？就是你老婆真是朵花，你也不能总拴在裤腰带上吧？真是一朵鲜花插到了牛粪上。"暗地里却安排车间主任多给吴福旺安排工作，还给他指派徒弟让他指导，钱挣得多了，功夫却没有了。

刘彩花却不追求进步，对于领导的暗示装疯卖傻。厂长长叹一声，真是什么人找什么人，死牛蹄子不开丫。

厂里效益开始下滑，厂长大笔一挥，果断提议，先把吴福旺踢出企业，成为第一批下岗的人。

吴福旺虽然少言寡语，却是一个埋头苦学的人。人虽离开了，厂里许多技术活却还离不开他。精车是个高技术活，在数控技术如此发展的今天，“神五”上天的一个部件还需要普车亲自操作，何况是在当初？这一切都是融技术与经验于一体，多年摸索出来的。

下岗又返厂干得多了，吴福旺难免闹点情绪：“老子都被扫地出门了，还来给你们擦屁股，不干了！再干加钱！”厂长也恼了：“用你，是看你在家没事做给你增加点收入！离了张屠夫，照样不吃带毛猪。不干？走人！另一个也一块走！”于是第二批下岗工人里就有了刘彩花的名字。

两口子转眼之间就成了无业游民。可是孩子还要上学，家里花销大不能没了收入。好在老天爷饿不死瞎眼的家雀，何况是两个身体倍儿棒的人？

吴福旺的家是一个二层小楼，在古城的古董一条街上，地势好，沿街都是卖古董、字画的人，这几年古董、字画生意好，成就了许多百万、千万富翁，许多人都跟吴福旺商量过，要把他家一楼沿街的房子改造了租赁，可是吴福旺谁说也不动，现在没办法了，两口子就想在这开个店。人家弄古董发了财，吴福旺不眼馋，开车床咱是内行，干古董生意，完全是外行，做外行生意很少有赚钱的，买了来卖，不是买到假的就是买到贵的，还想赚钱？门都没有。可是吃的喝的咱内行，开个小卖部，甭管干什么生意，柴米油盐都用得着，咱分量足不卖假货，挣个吃穿保证没问题。

可是给房子开门口的时候两口子发生了分歧，刘彩花的意思，对街开门，旁边再弄个大窗户，老远就能看到了，挺亮堂。可吴福旺不同意，说是那么开房子就不好修复了，万一哪一天不干了恢复不了原样。把刘彩花气得和他一顿大吵，你这房子是民国时期的不假，可是离古董还远着呢，还能指望国家给你保护起来？

争论的结果，还是只开了个小门，光线暗淡，大白天也要开灯。刘彩花也不愿看吴福旺那张嘴脸，自己经营，老吴该干啥干啥去。

二

小卖部开张，虽算不得红火，但是一个月下来，却也比工厂赚得多。吴福旺呢，在外面给人家干点零活，顺便给一些小企业修修床子，也没少赚。日子开始往想象中的美好生活发展，两口子甚至商量着过几年买辆车或者早给儿子打算着买处新房，房子的价格是翻着跟头往上涨啊！

那天下过一场雨，门口的街道上积了不少水，吴福旺早早就出门了，刘彩花拿着扫帚在那扫水，一辆崭新的奥迪A6驶过，刘彩花正用力扫水洼的水，不小心就把脏水扫到车上了，司机一伸头看到一个打扮朴素的妇女弄脏了他的车，忍不住张口就骂："你瞎啊！没看到我的车？"刘彩花不愿惹事，还算好脾气，忙赔不是。那小子还来劲了，说："你知道我的车多少钱吗？你赔得起吗？"

旁边卖古董的张老板看不下去了，说："哎，我说你小子怎么得理不饶人呢？就你那破车，在我们这古董街谁家还不能买个十辆八辆的。就这个大姐，是这百货店的刘老板，上下两层楼都是她家的，你这样的破车，能买一堆。"

司机抬头看看楼房，脸一红，灰溜溜开车走了。

刘彩花回过头来问张老板："我家这房子真的这么值钱？"张老板哈哈大笑："你以为呢？你们现在可是住在元宝里啊。你什么时候想出手了，告诉我，我买了。"

刘彩花讪讪地笑了几声，就回屋了。

谁知道这事儿还真的一语成谶，没过多久，刘彩花出去进货的时候遭遇车祸，一条腿就要保不住了。肇事司机逃逸，把闻讯赶来的吴福旺急得直薅头发。医生出来说，病人的腿很难保住，要想保住还需筹备大量的钱，你先去筹钱吧。

街坊邻居都来询问，张老板也过来，私下里对吴福旺说："现在救人要紧，我也不是乘人之危，你的房子出个价，你租给我十年八年也行。你要卖的话我保证给的钱够给大嫂治病还能省下再在别处买套房子。大哥，你考虑一下，我是真想帮你。"

吴福旺却是想也没想，直接把头摇得像是拨浪鼓："房子不能卖，你别打房子的主意。"张老板也还算仗义："大哥，既然这么说，这二百元，算我给大嫂买点营养品。"

吴福旺把亲戚朋友都借遍了，原先的工友们又凑了一点，等拿着钱到了医院，医生说：“你来晚了，腿开始化脓，保不住了，已经切除！”

看着刘彩花憔悴的面庞，吴福旺忍不住泣不成声。刘彩花早已知道了张老板买房子的事，可她没有怪吴福旺，她知道丈夫这么做一定有他的道理。

三

刘彩花进不了货，吴福旺就不能再出去干活了，两口子守着一个小店，平时再磨点豆汁，卖点时鲜蔬菜增加收入。

时间过得飞快，转眼儿子吴强就到了谈婚论嫁的年纪。老房子虽然平方不少，但是窗户小，构造不合理，再加上供水、供暖不到位，与现在盖的新房相比，还是有许多差距的。儿媳妇就提出来，把老房子卖了，添点钱，再去买处新房。

可是吴福旺死活不答应。儿媳妇就想办法给未来的老公公施加压力。吴福旺没办法，经常借酒消愁。刘彩花也说：“老吴啊，你犟了一辈子，我都依着你，这次你就答应孩子吧。”

吴福旺不说话，一口酒灌进肚子里，两行眼泪流下来，说："你不懂。"回头去柜子里找出一个存折递给老婆，说："这是咱俩这些年的积蓄，你给儿子交个首付，以后咱再挣钱慢慢还吧。"

老爸不开窍，吴强也犯难。禁不住老婆总吹枕头风，两个人搬进新居里，很少来老房子里。媳妇说："看到你爸那个老古董我就心烦，这么对我，还想不想让我给他养老送终了？"吴福旺听说后不说话，只是苦笑了一下，继续沏上一壶茶，倒上一杯酒，弄两块榨菜咸菜几粒花生米，滋溜一口滋溜一口自斟自酌。

日子算不上富裕，却还能勉强过得去。不久儿媳妇怀孕，生下一个儿子，吴福旺感觉自己的幸福生活就要来到了。

四

刘彩花虽然安了假肢，但是抱不了孩子。吴福旺给老婆上好货，就骑着自行车去儿子家看孩子。尽管儿媳妇不给好脸色，但孙子是自家的亲骨血。吴福旺代替奶奶给孙子洗尿布，洗衣服，啥事都做。人心都是被感化的，时间久了，儿媳妇的弯也就转过来了，公公虽然行为怪异些，可毕竟是孩子的亲爷爷。

别人家的孩子一岁多就能走了，可是孙子小宝都两岁多了还一直不会走路。吴福旺很担心，跟儿子儿媳陪着去医院看了几次，医生说骨骼发育正常，没有什么问题。孩子就是三岁会走论说也算正常，各人情况不同，再等等。可是小宝却总是盗汗，身体虚弱。吴福旺发觉不正常，就又喊着儿子和他去看。儿子说，医生都说没事，可能是身体弱，补一补，吃点儿钙片啥的也许就行了。

孙子断奶后，儿子儿媳工作忙，平时看孙子的事就落在吴福旺身上。吴福旺改装了三轮车，把车斗子放在车把前面，又在车斗子里安装了宝宝椅，这样自己骑着三轮，孙子就在眼皮底下，放心。他每天一早去把孙子接到自己的小百货店里，晚上儿子儿媳下班后又给喂饱了送回去。

这天他在卖货，刘彩花和小宝在床上玩。小宝挺快活，从床这头爬到那头，嘴里咯咯笑着。笑着笑着，却突然眼睛一翻，昏迷了过去。刘彩花吓坏了，没命地喊吴福旺，吴福旺过来一看，脸也立即就变黄了，跑出来，正好遇到张老板，说了情况。张老板没含糊，立即发动车拉着孩子去了医院。

真是祸从天降，孩子竟然查出有先天性心脏病！吴福旺就觉得眼前一黑，刹那间天旋地转。等到儿子儿媳赶来，医生说了情况，说这种情况需要手术，也是越早越好，不过手术费和后期治疗费价格昂贵。

儿子买房、结婚花光了积蓄，现在家里是再也拿不出钱了，能想的办法还是卖房子！张老板又提出买古董街的老房，吴福旺坐在一角抽烟，却不说话。

后来李老板和钱老板听说房子要卖，也过来提出要买。吴福旺把儿子吴强拉到一角，说："强啊，老房子实在是不能卖，要不，先把你的新房卖了吧。"吴强说："老房子有什么好？新房子刚刚还完房贷，宽敞明亮还耐住，而且有电梯，妈上下都很方便。咱那老房子，妈都好多年上不了楼了。爸，你放心，卖了老房子，我保准好好孝敬你跟妈。"

吴福旺说："唉，儿子，早晚有一天我要跟你讲，咱那房子实在不能卖啊……"

吴强哼一声，走了。小宝等着治病，没办法，只好把新房子卖了。儿子、儿媳住到了老房子的楼上。

五

因为要打造旅游城市，古董街的房子全都面临改造。居委会的人多次来做工作："这条街大多是老房子，可是近些年随着建设已经破败不堪，尤其是很多人不按规划，乱搭乱建，在那些青砖老房子上，再搭建些红砖房，显得极其不协调，影响了城市形象。而且供电、供暖、供水不配套，到处是蛛网一样的水管、电线。政府这次是把这些房子扒了重建，使其更加适宜居住，并且是以旧补旧，老房子扒下来的砖瓦不损坏，继续盖到房子里。最重要的是房子产权不变，个人只出极少的一部分资金，其余都是政府买单，政府出资帮你把房子重建一遍！"

吴强对这房子早就住够了，听到这天大的喜事，第一个就回家告诉了吴福旺。他想尽快让老爸也高兴高兴。没想到吴福旺听到后说的第一句话却是："我不同意！"

这下吴强不干了，他说：“爸，我真不知你是怎么想的，这样又窄又难住的房子有什么好？你怎么就认准了呢？”

对于吴福旺这样的老顽固，政府展开强大的思想攻势。办事处的干部分成三班，二十四小时给他做工作。虽然说话细声慢语，可是却造成吴福旺严重睡眠不足。

一天，儿子说：“爸，我跟你找个地方睡一觉，一时半会咱还不搬迁，东西还在店里，不会怎么样，咱先养足精神再说。”吴福旺想想也是，就跟着出了门，去了儿子岳父家附近的一个旅馆。

好长时间没睡好，吴福旺头一接枕头就睡着了。等到醒来竟然是第三天的傍晚，匆匆忙忙跑到老房子那儿，早已是废墟一片！

六

吴强早已租好了房子。看来一家人都商量好了，就瞒着吴福旺呢。任凭吴福旺在那儿酗酒痛哭，一家人该干啥干啥，就连刘彩花也不理他了。说急了，刘彩花才会嘟哝一句：“这么好的事，你咋就想不开呢，是不是脑袋被驴踢了？”

那天吴福旺照常在租来的家里喝酒，听到外面吵吵嚷嚷。刘彩花出去一问，才知道是统战部的领导和一个台湾的丁先生要找吴福旺。

吴福旺在屋里喊了一声，怕啥来啥啊！汗珠子就下来了。等刘彩花把人领进屋子里来，却没找到吴福旺。刘彩花说：“这老东西最近犯了毛病，刚才还在这儿呢，不知躲哪儿去了。”到内屋一找，果然蜷缩在一角。刘彩花把他拖出来，他却一下子趴在丁先生面前痛哭流涕：“我对不起丁伯伯，对不起我爹，我给老吴家丢人了……”

丁先生把吴福旺拉起来，说：“您就是吴叔叔吧？您先起来，听我和您说……”丁先生把事情叙述一遍，吴福旺也补充，大家才明白。

原来吴福旺家的老房子是老丁家的，当初丁老爷去台湾前，把房子托付给吴福旺的爹给看着，说过不了多久就能回来。可是这一去，就再没回来。吴福旺的爹又把房子托付给儿子，临终前千叮咛万嘱咐：“丁老爷是我的救命恩人，他托付的事脑袋掉了也要办到。这房子他托付咱看着，我死了你要看好，一块瓦也不能少了……”

吴福旺一边说一边痛哭流涕：“贤侄啊，我无用，没有看好房子，我对不起你！”丁先生眼含热泪：“吴叔叔，我爷爷过世的时候也嘱咐，你们一家都是实在人，时局变迁动荡，不能给你们增加负担。本来我父亲早就想来，可惜他老人家身体不好。这不，我正好有事过来，跟您说说。您的事我都听说了，您费心了。”

丁先生拿出一张纸，递给吴福旺。

吴福旺一看，号啕大哭。那是一张房屋赠予的遗嘱，丁老爷将房子无偿赠予给吴家。下面署的时间是 1950 年。

杨村的作家们

郑武文

一　狗头二大爷

在杨村，好像除了我狗头二大爷没有外号，其他人都有外号。想想也不对，要是狗头二大爷没外号，二大爷的名字总不会是叫狗头吧？当然这也有可能，杨村虽然出了那么多所谓的作家，可取的名字多是些狗蛋、大头、毛草根什么的。这老一辈人，乳名没几个正儿八经的，说是好养活，阎王爷不好往名录上登记，也就勾不了去。杨村的习惯还愿意叫乳名，有的人五六十岁了还被叫乳名，有人叫乳名并不感觉丢人现眼，反而觉得自己还很年轻，童年离自己还不遥远。

说实话，在我们杨村这个到处拉鸟屎的地方……是的，经常是走着走着，鸟屎啪嗒一声就落到脑门上。如果是秃脑门还好说，像狗头二大爷，如同在脑袋瓜上做了个鸟窝，四周浓密，中间光秃秃的，鸟屎掉上去，抹一下子就干净了。像我们这些毛孩子留头发的，四周倒是剃得干净，中间长，看上去如同扣个茶壶盖，很容易让鸟屎隐藏在里面……说远了，我想说的是，在我们杨村这个鸟地方，没个外号怎么混?那肯定是没引起老少爷们的重视嘛。

讲作家，我之所以先从狗头二大爷说起，是因为我们村还有一个所谓的作家高粱杆子马启律，当然我们土话是称作马骑驴。其实在文化大省陕西，据说也只有三个半作家，杨村按说是不可能有作家的，可他们都自视很高，都认为自己是作家，我也就权且这么说吧。

马骑驴个子高，所以外号叫高粱杆子。他是在杨村所有的作家中是最晚起来的一个，但却以正宗自称，以前我只听说过卖臭豆腐的有正宗，没想到当作家也有正宗一说，可见这个马骑驴是多么矫情。而且杨村也并不团结，作家看不起作家，老家贼看不起瞎喳子，实际上都差不多。

马骑驴准备出一本《杨村志》，把杨村什么时候种什么作物，早晨什么时候出太阳，用过什么农具，出过什么干部，甚至驴马交配出过几头上好的骡子……反正是杂七杂八的都要记上一笔，当然马骑驴对自己这样的杨村杰出成就者更要浓渲重染，据说整本书洋洋洒洒八十万字。八十万字啊，乡亲们，犄角旮旯都写到了，就是杨村这几个知名作家一笔不提，令我辈情何以堪？于是我——“大头大头下雨不愁，人家有伞我有大头”的杨村第二代作家杨大头，亲自捉笔，来一本《杨村野史》，先把这些被遗漏的作家们的光辉事迹记述一番，免得将来被遗忘了给杨村历史造成无法估量的损失。

当然，我已经好多年没回杨村了。当年杨村的鸟屎总是太多地落在我这充满智慧的大脑袋上。是的，鸟屎停落的频率要远远高于智慧停落的频率，最后我做了艰苦卓绝的选择，在我老爹无可奈何的叹息中，背着一个小包远嫁到了三十里外的马家河子。当然，当然我是男人，在这个新社会新国家是男是女都一样的时代，谁嫁给谁都是理所当然的。

我嫁过去以后，岳母大人也学岳飞他娘慷慨刺字。岳飞的母亲刻的是“精忠报国”，姓苟的母亲刻的是“盖房买车”。是的，我岳父他老人家姓苟，贱内苟爱花，她比较爱花钱，因此我都嫁过去二十年了，每日里就喜欢舞文弄墨，传承着我们杨村的良好基因，让我那满脸雀斑的爱花老婆钱总是不够花，更辜负了岳母大人的殷切期望，让盖房买车一直作为一种美好的梦想憧憬着。

在写狗头二大爷之前我本来想再去拜访一下的，以获得最近的最新资料。可是我怕大脑袋上再落下太多的鸟屎，因为狗头二大爷住的地方在杨村西南三里地的一个小山丘上，那里树木相当茂密，以前是大户人家的坟地。要不说杨村人杰地灵呢，据说好久以前出过王爷，墓地就在那个地方，随着朝代更替，王爷后人跑了，村里人死了以后就往那里埋，坟头前不能空着，你栽棵树，他栽棵花，天长日久，郁郁葱葱，遮天蔽日的就像原始森林一样了。

后来，人们响应号召，要把坟地彻底改造成良田，结果是弄得密密麻麻的烂棺材，到处是人的头骨、腿骨。没多久就有六十多人患上了一种尸皮病，皮肤发黑、腐烂、变臭。

于是那块被称作南岗子的地方就那么闲置起来，也没人往那里埋死尸了，也没人敢到那地方去了，南岗子更加原生态生长起来。

狗头二大爷不怕。狗头二大爷是作家、诗人，是有本事的人，是“采菊东篱下，悠然见南山”的人，更是特例独行的人。因此他在南岗子盖一个小棚子，独自住在那里。狗头二大爷的主要成就是写诗，因此为了不让高粱秆子马骑驴那些人笑话我们庸俗，我就用诗人的称呼来描述狗头二大爷。诗人的代表作不少，比如：“远看一条狗，近看也是狗。越看越像狗，原来是死狗。”或者：“我是祖国一条狗，守在国家大门口。帝国主义来侵犯，死命咬他几大口……”

你看，我想把二大爷与狗分开，他的代表作里还都带着狗，看来是与狗有缘啊。最重要的是他曾经给索马架子马二坏做过狗头军师。索马架子是一种毛毛有毒的虫子，沾到身上就起个大疙瘩，酸痛难忍，比较切合二坏他老人家的名字。

当然，诗人在跟随索马架子期间学到了不少本事。刚开始是偷伐了村里几棵树，后来就把村里那个唯一的抽水浇地的电机给卖了。公社李公安破案神速，把诗人送到劳教所待了一年，诗人就更有诗人气质了。中间不长毛，旁边又留得长，脚还有点跛，从远处看比较有仙风道骨，像神仙铁拐李。

诗人在山上喂了一只羊还有几只鸡，羊是母羊，供诗人喝羊奶。据说曾经有苦行僧赶着一只母羊传经布道，在无人的地方依靠羊奶维持生计，看来羊是个好东西，能供得了一个人的日常饮食，羊奶更是能当水喝也能当饭吃。于是诗人疯狂写作，据说诗稿存了满满的好几纸箱子。

当然，诗人不可能永远待在山上，只这么待在山上跟索马架子学的本事不就白学了？他经常下山游说，赶集上庙，传播他那些伟大的学问。诗人的烟瘾比较大，写诗的时候没有气氛不在云里雾里怎么能出好作品呢？虽然困顿的时候难免抽一些晒干的树叶子，但这并没影响他把巨大的门牙抽成蜡黄的颜色，一张嘴，那黄色就似乎要跌下来。而且长期的与那只亲爱的母羊共处一室，身上沾满了母羊粪便的腥臊味。当然，诗人懒得洗澡，据说魏晋名士就都不洗澡，诗人是不能和常人相比较的。

诗人最后竟然把小寡妇上等洋面弄到了南岗子。上等洋面只听名字就知道了，皮肤那个白啊！而且还是一个富婆子，她那短命的死鬼男人进县城卖桃子被城里人用汽车轧死了，赔了她一大笔钱。很多人都瞅着这小寡妇想挖一勺子，可就是让那个狗头二大爷抱到山上南岗子去了。

据上等洋面自己讲，那狗头二大爷是要拿诺贝尔文学奖的。那时候莫言还没拿诺贝尔文学奖。听惯了三狗子、四蛋子的杨村人哪听过诺贝尔这么洋气的名字，这个名字从那大黄牙里带着臭烘烘的唾沫星子出来，当时就把上等洋面震惊了，更让她震惊的是，据说狗头二大爷还有诺贝尔文学奖的邀请信和拿到以后那几辈人也花不完的奖金。

当然莫言拿了以后自己说奖金还不够在北京买套大房子，可让诗人一吹嘘那可是不得了的巨大财富，毕竟杨村和北京在房子的价格上还是有区别的。上等洋面去了南岗子以后，诗人就没有心情写诗了，面对如此貌美的女人还去赞美那些狗娘养的狗狗们，那是傻子才干的事。

狗头二大爷没有生活来源，过着过着就逼着上等洋面把她的存款拿出来花。上等洋面刚开始盼望着那笔巨大的诺贝尔文学奖金，为此忍辱负重，可是跟老东西过了二三年发现还是那么遥远，反倒是自己卡上的钱越来越少了。于是卷吧卷吧铺盖就要走人，狗头二大爷怎能轻易放她走啊？对他来说幸福生活才刚刚开始呢。

上等洋面也不是善茬，不知通过什么途径报了警，李公安接到以后毅然前来对她进行搭救。见到公安上等洋面有了底气，气得号啕大哭，大骂狗头二大爷："你可把老娘害惨了！"从此远走他乡，使我们杨村损失了这么一个雪白雪白的漂亮女人，实在是一大遗憾。害得杨村的光棍汉们痛哭了好久，大骂狗头二大爷作了大孽。生生让一块肥肉从嘴边流失了，实在是杨村的千古罪人。

二　索马甲刘流秋

让孤独的狗头二大爷继续躲在南岗子写他那些狗娘养的狗狗们的诗吧，我们再讲讲杨村另一个作家索马甲刘流秋先生的故事。

索马甲听着跟索马架子差不多，却是两种完全不同的东西。索马甲是一种蚂蚱，头尖、腿长，长相漂亮。特别是那腿，相当有力气，又叫蹬倒山。夏天时候是绿的，到蹦跶不了几天的时候就是黄的了。刘流秋长得跟索马甲差不多，一表人物，也不像狗头二大爷那么不靠谱，毕竟是读过几年书的。狗头二大爷只上了两年私塾，还放了一年零八个月的假，听说还逃了四个月的学。索马甲刘流秋好歹也是初中毕业，正儿八经上了八年学。

当然他没挂着诺贝尔奖，却知道写文章要先学会发表。不发表只埋头写，像狗头二大爷一样等着诺贝尔奖找上门来那是痴人说梦。他用这话背地里说过狗头二大爷，狗头二大爷找上门来，用满是指甲灰的脏手捶打着索马甲刘流秋家的大门跟他讲理，两人差点打起来。轻视不只在高粱杆子马骑驴身上，狗头二大爷和索马甲刘流秋之间同样尖锐。

索马甲刘流秋学的是赵树理的风格，完全运用的山药蛋派，把杨村的土话俚语用到极致，但却没产生美感。曾经有编辑给他回信：请先翻译成汉语再寄来行吗？

索马甲刘流秋隔三差五往大城市里的编辑部寄稿子，最后就感动了编辑部的编辑，给他来了一封亲笔信。但是这位作家没有署自己的名字，而是写的三号。那时候讲究人民的力量是无穷的，“工人没有把自己的名字写在产品上，农民没有把自己的名字写在粮食上。”全国人民都在当无名英雄，作家自然也不能落后，发表作品都是集体创作。于是全国的作家都统一编了号，能编到三号的自然是大作家，是中央领导啊！

有了这封信更是给索马甲刘流秋增强了巨大的信心。并且国家可能为了培养这个文学青年吧，拿着那封信去看电影、去博物馆什么的都不要钱。于是每当阳州城里演新电影，索马甲刘流秋都拿着信去看。虽然索马甲这种蚂蚱没有白颜色的，可刘流秋总是穿雪白的衬衫，又是一表人才，竟然引来好几个姑娘的暗恋。

那天索马甲刘流秋正在自己的书房里奋笔疾书，村里的姑娘打盆花秀芝突然来了。打盆花是生于杨村的一种黄色的花，据说人不能采，采了回家不是打盆子就是打碗。这秀芝做事不过脑子，做起事来毛毛躁躁，不是摔了盆就是打了碗，她爹辘轳井绳田洪昌总是没完没了地数落她，骂她手臭肯定是摸了打盆子花，于是也算又赐给了她一个名字。可既然是花就比那草强，打盆花也是颇有几分姿色的。

在此之前打盆花曾经给索马甲刘流秋抄过稿子，其中有篇作品叫《我的大奶》抄好给刘流秋看，当时把刘流秋看得热血沸腾精气上冲，在仔细看了之后原来是在抄写《我的大奶奶》的时候落下了一个“奶”字，虽然“奶”都是两个，但叠在一起意思就起了翻天覆地的变化。尽管当时让刘流秋白激动了一把，但打盆花就此和这小子在一起了。

索马甲刘流秋不像狗头二大爷玩物丧志，美人入怀就忘了自己那伟大的追求，而是继续没完没了地写他那长篇巨著。文章源源不断寄进首都北京，只可惜从此泥牛入海，再没了半点音讯。过上平常日子的打盆花秀芝女士，在经历了风风雨雨之后已经饱经风霜，再不会因为一个破手抄本失了理智。感觉到居家过日子才是最重要的，没钱是万万不能的，于是整日里有意地打盆打碗，让刘流秋作家去干活挣钱。

索马甲刘流秋屡败屡战，也想学学别人的先进经验。狗头二大爷学的是东村的莫言，他就去学西村的蒲松龄。在村头摆了茶水小桌，请过路的那些老少爷们讲讲杨村野史。

因此如果编写《杨村野史》的话，索马甲刘流秋该是最有资格了，可惜他老人家英年早逝了，出师未捷身先死，长使英雄泪满襟啊！当然，话说回来，不作死就不会死。

先说当时刘作家在那儿摆茶听故事，不知经过几多春秋，也不知茶碗中落入了多少鸟屎，最重要的是打盆花秀芝女士给他打烂了几次茶碗以后，最终不得不先放弃伟大理想去学一个谋生的手段。要说索马甲刘流秋先生还是比较聪明的，不多久就学会了烹饪技艺，成为杨村有名的厨子。生活水平日益提高起来的杨村人民，急需提高饮食的质量。别的厨子只会炒菜，只知其然说不出个所以然。可索马甲刘流秋作家那是什么人，炸、溜、爆、炒、烹、清汆、红烧、醋溜……那是张嘴就来，听得土头巴脑的杨村人民一愣一愣的。

一天，刘作家正在杨村大酒店做他的拿手好菜霸王别姬，胡罗罗刘德昌就在旁边唱高调。本来刘作家心情挺好，还唱了几句《霸王别姬》的经典唱腔：劝君王饮酒听虞歌，解君忧闷舞婆娑。嬴秦无道把江山破，英雄四路起干戈。自古常言不欺我，成败兴旺一刹那。

胡罗罗刘德昌就在旁边问他：“哎，大侄子，王八别鸡是不是别有一番风味啊？”刘流秋和胡罗罗本同是刘家人，家也住的是邻居，平时虽然看不惯这个鸡长狗短的是非东西，又考虑到自己还叫他一声叔，就没屑搭理他。可这个胡罗罗是给脸不要脸，蹬着鼻子就上脸，越说越不在调，老实人也有三分怂脾气，索马甲刘流秋就把一把鸡肠子给胡罗罗刘德昌甩在了脸上。胡罗罗用手一抹脸，鸡屎弄得满鼻子满嘴都是。干巴老东西虽然也经常有鸟屎掉到头上，可抹到嘴里的事还没有，他哪里吃过这个亏，顺手摸东西就要跟刘流秋拼命，谁知道一甩手摸到了王八嘴，被一下子咬住了手指头。可老东西没顾得疼，左手拿起脸盆就摔到了刘流秋头上。

王八甩掉了也弄一手血，呼呼啦啦刘流秋的鼻子也破了。本来是两败俱伤，可是胡罗罗刘德昌却取得了理论上的胜利：“你个小崽子，你是不是王八自己回家看！”

索马甲刘流秋其实知道胡罗罗刘德昌说的是啥，说的就是自家的打盆花秀芝和村主任索马架子马二坏那事儿。

正所谓百无一用是书生。大家都以为作家索马甲刘流秋先生会有什么作为的，结果真是砸了大家的狗屎眼。既然连这么点尿性都没有，也就怪不得马二坏先生趾高气扬了。

索马甲刘流秋总结了自己失败和成功的经验，当然也借鉴了狗头二大爷的艳遇经验，认为自己还是应该写出伟大的作品，一旦成名，这些猪狗之辈还怎能放在他的眼下？

当然毕竟打盆花在杨村古朴的理论指导下也有所心愧，不再大声指责、斥骂刘流秋。作家便静下心，清心寡欲，努力创作。

作家刘流秋两耳不闻窗外事，继续努力创作往北京寄。连续的泥牛入海却让作家不停地遭受打击，他开始酗酒，喝起来就没完。喝醉了大街上、猪圈里什么地方都酣然畅睡，放荡不羁，颇有济公活佛的风采。

那天乡里文化馆的几个人开着一辆吉普车来到了杨村。正是六月的天气，下着大雨，瓢泼如注。杨村地处偏僻，乡领导们一般是很少来的，来的原因是接到了北京的电话，说是杨村一个写作的刘流秋寄去一个稿子，顺便带着一封信，言称再不在刊物上发表，他就自杀以绝天下。北京的人怕出事，一边给他回信安慰，一边电告地方政府，进行正确引导。

车子艰难地开进杨村的中心路，却发现路中间正躺着一个人。雨水如同流淌的河流，上面布满了沸腾的猪食一样的泡泡，那人却一会儿躺在路中间，一会儿又站起来引吭高歌。

司机是乡长的司机，剃了小平头，肌肉丰满，性格骄横跋扈，再加上是这样的天气，他于是摇下玻璃大声呵斥、咒骂着堵路的人，那人却依旧我行我素，姿态依然。司机爷那暴脾气，当时就撑一把伞下去了，上去就给他一脚，那人回过头来，狠狠瞪了司机爷一眼，说：“你可以杀死我，但是你打不败我！”

司机说：“你还来劲了，要死也死一边去，别挡着大爷的路。”没想到那人一下子躺倒了路中间，说了一句他一生中据说是最经典的话：

“苍天无眼，缘何有泪啊？”

车上的文化站长也撑着伞跑下来，挡在要下重脚的司机面前，说：“不要打了，也不用去找村长了。这肯定就是刘流秋。”

当然站长没有猜错。可惜我们的作家刘流秋先生还是烂醉如泥。他们把他弄到家里，打盆花秀芝从没见过这么多乡干部登门，反倒显得诚惶诚恐，对刘流秋也妩媚温柔，不但给他换了衣服，喝了醒酒的姜汤，还殷勤接待了大家。

等到刘流秋清醒了，与站长进行亲切交谈，站长才发现原来经典不是随时都能出现的，就像王羲之酒后写完《兰亭序》就再也写不出那样的作品了，刘作家的文章离发表水平还是有一定距离的。当然，站长先生也以职业作家的身份代表编辑部的编辑对他进行了鼓励，开导他正确面对人生，树立正确的人生观，投入到无限的为人民服务中去，不能因为一点小的挫折就产生轻生的念头。前途是光明的，道路是曲折的。几乎把政治课上学的理论对着索马甲刘流秋先生背了一遍，才让刘作家转涕为笑。

当然，站长回去以后也做了工作，把捎带着走的文稿拿着给送到了县报。县报的陈编辑是一根筋，在认真通读一遍以后往桌子上一摔说："都是什么东西？这个样子也能发表？你想砸我的饭碗。"站长一看也只好用煽情戏来表演了，声泪俱下地讲述了一个农村作者是多么不容易。最后起到了作用，两个人坐下来，摘出一段认真修改，好歹给做了半个版面，并且加了编者按。

事后站长又拿着样刊兴冲冲去了一趟杨村，把样报给刘流秋送去，刘流秋跪到院子里，声泪俱下，老天啊，总算也睁了一次眼。可事后看了看，文章除了名字是自己的，竟然没找到一个自己写的字。站长很忙，要做的工作很多，把这一切作为工作成绩上报以后就再也没有音讯了。

索马甲刘流秋又开始了他酗酒和与天地战斗的日子。他独自住在院子里的一个小偏房里，茅屋漏风，三十九岁那年含恨而亡。三十九岁是英雄回归的年纪，民族英雄岳飞三十九岁被秦桧害死了，农民领袖李自成三十九岁兵败阵亡。一代英才索马甲也没逃过天数，临终前把儿子叫到跟前，千叮咛万嘱咐，一定要好好保存那些书稿，百年之后定会有重见天日的一天，很多名著都是不被当代人接受的。并且赋诗一首：

文章不得今人识，
无奈留予子孙读。
百年石破天惊日，
白骨无存后人泪。

到时候让那些后人们唏嘘流泪去吧！于是作家索马甲刘流秋这一段历史算是结束了。

也许他的死真是感动了天地吧，出殡的时候又下起了雨。厨子做饭找不到干柴火引火，就把那些打好包的文稿做了引柴火。刚刚烧了一把，打盆花秀芝从屋里跑出来说：“这个怎么能烧！这个怎么能烧！”匆匆就抱到了屋里。大家唏嘘不已，虽然两口子平时吵吵闹闹，还不愧是知音啊！

这时候街上来了个收破烂的，打盆花把他叫进来，问："废纸多少钱一斤？"那人说："两毛。"打盆花说："两毛五。"收破烂的说："两毛二，爱卖不卖。"

这时候杨村第三个作家半截牡丹吴永花出场了。她说："这可是索马甲一生的心血啊，怎么能就这样给卖了呢？太可惜了！"她抽出一摞读了读，扔回去，说："还是卖了吧。"

三　半截牡丹吴永花

关于这半截牡丹吴永花我本来不想说了，因为高粱杆子马骑驴可能会在《杨村志》里给她留一定的位置。但考虑来考虑去，虽然那《杨村志》有洋洋洒洒八十万字，驴球马蛋都写到了，但那小子只遵循他自己所谓的正能量，是同他爹索马架子马二坏一样满肚子男盗女娼却是满嘴的仁义道德的东西，有些东西不可能写得详尽，算是在这里做一点补充吧。

半截牡丹吴永花是一个比较清高的女人，是自恃才高五斗的女人。她说杨村的才气共七斗，高粱秆子马骑驴独占一斗，全体杨村人加起来合占一斗，剩下的五斗是她的。杨村的女人虽然在小节上不是很检点，经常有打盆花那样的在野外引吭高歌的。但总体来说还是比较淡泊名利的。她们高歌大多为了自身的欢愉，大不了要点东西得个好处，要钱是没有的。乡里乡亲的，要钱显得薄行了。当然给别人钱的事也是不干的。我的意思是说像半截牡丹这样一味追求沽名钓誉的基本没有。

再来说吴永花女士，她长了一张真正算得上如花似玉的脸，这使她有足够的本钱先是在照相馆后来是电脑前照一些照片，并且在投稿子的时候夹上一张。

半截牡丹吴永花是有工作的，在学校里担任光荣的人民教师，下一代杨村人民灵魂的工程师。这使她能够阅读一些文章，也多次在县报发表大作，使她具有目空一切的本钱。

我想说的是，只靠这点本钱她还不敢自说才高五斗，她真正的才气在那几乎等身的一摞获奖证书和明晃晃的奖杯上。她会时不时地去一趟伟大的首都北京，让一些我们听着就恨不能趴到地上的名字给她颁奖。这些大大小小的奖项从市级、省级、国家级、国际级、宇宙级不等，都印了金灿灿的字，晃着杨村人的狗屎眼。

半截牡丹吴永花的丈夫是一个三脚踢不出屁的庄稼汉子，但是有力气，也无愧了一个闷熊的名字。闷熊继承了我们杨村人原有的勤劳能干的优良品德，也是完全可以勤俭致富的一类人，老婆又是教师，享受风雨无阻的固定工资，本应最先奔入小康社会，享受社会主义新农村的幸福生活。可家里就是穷得叮当响，除了那一堆荣誉证书外一无所有，家徒四壁。用杨村人的话说就是放屁熏不着值钱的件儿。

当然这与半截牡丹吴永花的技术革新有关，比如人家种大姜，闷熊也种大姜。大姜怕暴晒，需要遮阴，半截牡丹出主意可以在大姜的旁边种一棵玉米，既属于合理间种，又可以给大姜遮阴，并为自己的聪明才智窃喜不已，硬逼着闷熊照这个方子去做。闷熊是听老婆话的妻管严，不敢违背，可是违背了植物生长的规律，那大姜比较娇贵，需要大水大肥，玉米又怕水涝，却疯狂吸取养分，一年下来不但没增产，反而两种作物都几乎绝产。

当然这都不是半截牡丹吴永花家贫穷的根本原因。根本原因在那一大摞荣誉证书和奖杯上。自从吴永花女士第一次获奖后，获奖的消息就铺天盖地而来，这位杨村的女作家来者不拒，可是人家总要捎带一个条件，动辄几百，多则几千上万，虽然远隔千里万里，却掏走了闷熊辛辛苦苦挣来的钱。半截牡丹吴永花还要去参加各种活动，被各种人接见。

当然，我还没有说这位女作家为什么叫半截牡丹，她的上半部分晃瞎了人们的钛合金眼，下半部分却会让他们吐血身亡，两条腿又粗又短，使她的个头只长到了一米四左右。

说起来还是闷熊好啊，守着这样的没事找事型的人一辈子都无怨无悔，真算得上是条汉子。

四　高粱杆子马骑驴

本来我也不打算写这个高粱杆子马骑驴的，因为他在《杨村志》里驴球马蛋都写到了，却把这么一些杨村的风云人物都排除在外，给我们内心造成了极大的伤害。可是想想他这样一个东西这么做也情有可原，毕竟他是索马架子马二坏的儿子，眼皮直往上看怎么会往下瞧呢，他们家的本性决定的，我也就不计前嫌，给他拿出一定的笔墨，也让读《杨村野史》

的后人们知道，真实的历史和书面上表述的东西有多么大的不同。

马骑驴因为自己官二代的关系，当初被他爹先是保送上了高中，然后又送去部队里锻炼，可这家伙根本就不是有出息的东西。在外弄了七八年也没弄出个排长、连长的干干，最后屁颠屁颠又回来了。回来之后就不会说杨村的话了，就像他奶奶当初被脑血栓拴住嘴了的时候一样，叽里咕噜也听不清楚。后来普及了电视才知道他那是跟人家学的普通话，可普通到北京郊区还出去了一千里。

当然他真正成为作家还是因为得了狗头二大爷的帮助。狗头二大爷自然是不会给他补课，只是间接帮助了他一下。

他刚回来那几年，他爹索马架子给他买了一辆摩托车，屁股一冒烟，放着屁跑起来就飞一样快，当时震惊了那些很少出门的杨村姑娘们，好几个都傻乎乎地跟着看。可出事也出在这铁驴子上。他爹给他买铁驴子还给他开一份工资，负责看护杨村那些茂密的树林子。他看树倒是认真，就跟给自己看家护院一样。

出事出在那个想拿诺贝尔文学奖的狗头二大爷身上，上等洋面离他而去以后，他毫无生活来源，只好靠时不时再偷伐棵树卖了打牙祭。

那天他扛着一棵碗口粗的树正往村外走，马骑驴先生骑着电驴在后面狠追猛赶，两条腿跑不过两个轱辘，眼看就要追上了，他把树往路上一放撒腿就跑。要说这狗头二大爷本来是纵着扛树，放下的时候使了坏，一下子就横在路中间了。摩托车正以每小时八十迈的速度加速前进，马骑驴的技术却不到家，花样摩托不会骑，无法跳跃这个障碍，于是摩托车横在路中间，他自己心急还飞出二十米继续追赶，最后没追到狗头二大爷，追到一块凸起的石头上，马骑驴先生还保持着骑马蹲裆的优美姿势，借机就骑到了石头上，石头凸起的棱角对他没客气，瞬间给他进行了一个小手术，于是他便被那把迟钝的手术刀阉割了。

狗头二大爷光棍一根烂命一条，没什么油水可榨，事已如此也没别的办法，因为马先生是在工作中勇斗歹徒，英勇负伤的，村集体应该有所补偿，最后把那一片林子都划给了他家了事。

当年司马迁先生因为受了宫刑还写出了无韵之离骚的《史

记》，马骑驴先生虽然再骑驴也生不出骡子了，但是却没有自暴自弃，勇敢地面对生活，认真追求进步，研究文学创作，也开始在县报频繁发表文章，并且还被吸收进县作协当了一个干部。

每当过年过节，高粱杆子马骑驴先生给大家群发的短信上，都是阳州县作协马骑驴给你拜年之类的，好像他就是主席一样，好像阳州县的作协和我们杨村的大权一样掌握在他爷们手里。

要说高粱秆子马骑驴和半截牡丹吴永花之间是应该有共同语言的，毕竟他们都是些把名誉看得比生命还重的人。可事实上，他们之间也是矛盾重重，一直都在为谁能代表杨村写作的最高水平争论不休。

唉，好像杨村的文人相轻存在于每一个角落，还好我杨大头早早走出了杨村。让那些吵吵嚷嚷的作家们继续去争论吧，只是小心别让那鸟屎掉进了嘴里。

不过我杨大头还是要感谢高粱杆子马骑驴。因为我现在居住的马家河子已经不复存在了。岳母她老人家在有生之年终于住上了新房子，坐上了车子。现在我和老婆苟爱花女士就正坐在上百万的豪车上往城里赶，尽管我的口袋里只有几十块零钞可我依然豪情万丈。

现在，豪车已经开进城市，司机先生说了一句纽约大厦到了，纽约大厦到站的旅客请从后门下车……我才想起又坐过站了，我是应该从巴比伦站下车的。

是的，如今我们住在嘉德龙苑，这是一个有十二个村庄合建的小区。在这里，诺贝尔这样的名字让我们听起来已经毫不新鲜，我们每天听到的奇奇怪怪的字符让我们无所适从，而且我再不用戴帽子，除了飞扬的尘土，我已经好久都看不到小鸟了，连一只老家贼都没有，说实话，我还挺想念那些鸟东西的。马家河子，刘家沟子，老鸹窝……这些名字都永远地消失了，换成了那些老年人一辈子都咬不清的洋名字。我们聚在这个叫做嘉德龙苑的地方，学城里人把自己关在钢筋水泥做的笼子里，就算对门也并不相识。可我们没有城里人那些固定的收入，岳母她老人家不得不每天早晨去和那些同样住在光鲜体面房子里的农民战友，抢夺那点城里人废弃的垃圾卖个生活费贴补家用。

我在写《杨村野史》的时候，苟爱花会在旁边骂我："到马家河子几十年，也不写点关于马家河子的事，以后这个名字怕是再也听不到了。”

我说：“马家河子关我屁事，我在马家河子就是客，到死也是。”

那年暑假

戴玉祥

那年暑假，我闷在屋子里，像一只在灼热的沙地上爬行的蚂蚁，焦虑，烦躁。我是在等大学的录取通知书。可那家伙好像不愿出嫁的深院闺秀，让我望眼欲穿。终于，在一个阳光明媚的日子里，我耐不住了，拿起钓竿，走出屋子，稀里糊涂地走了十几里路，来到了这个地方。

这是一方池塘，青碧透亮的池水，有菱秧点缀，有蜻蜓翩舞。站在一棵柳下，我撒下鱼饵，接着将鱼钩顺进水里。

不远处，一块青石板伸进水中。青石板上，一个姑娘在洗衣服。姑娘弯着身，后背裸露的部分，在阳光的照耀下，晃眼的白。姑娘可能是怕影响我钓鱼，动作很轻很缓，静静的池面，微风漾起的小小涟漪声，依稀可闻。

我把钓竿插在池边，向姑娘走去。

我说，不影响你洗衣吧?

姑娘抬起脸，莞尔一笑，说，不呢！说完之后，姑娘低下头，继续洗衣。只是，那动作，更轻更缓了。

我站会儿，回到柳树下。手握钓竿，目光却总是往青石板上溜，往那晃眼的白上溜。心，怦怦跳，脸，热辣辣。

姑娘洗好衣后，直起身，冲我浅笑下，离开青石板。

姑娘婀娜的背影，拽走了我的眼球。姑娘就住在池塘的北头，门前的两棵梨树间连着一条绳子，姑娘在那绳子上晾衣服。晾好衣服后，姑娘走进了一扇木门。就是那扇破旧的木门，挡住了我的眼球。

我愣在柳下，手中的钓竿仿佛越来越沉。我知道，今天不是来钓鱼了，是为姑娘而来。我想到那扇破旧的木门里面去看看，看看姑娘在干什么。我这样想着，想着，就是不敢付诸行动。我骂自己懦夫，胆小鬼。但无论怎么骂，还是没有勇气到那扇破旧的木门里去看看。

我犹豫着。

姑娘出来了，向这边走来。

我慌忙扭过脸，目光努力往鱼浮上聚。可无论怎样努力，我的目光，还是很不听话，还是往姑娘身上溜。

我看见姑娘走上青石板，蹲下身子，把一头黑发浸入池水里。

姑娘是来洗发的。

盯着姑娘的后背，我有些不能自已，轻轻靠过去，正寻借口时，姑娘开口了。姑娘说，帮忙舀瓢水往头发上淋淋，好吗？我连忙说好。至于后来舀了多少瓢水，着实记不清了。是姑娘银铃般的笑声提醒了我，姑娘说，想浇死我哇！

我搓着手，不好意思地看着姑娘。

姑娘边用毛巾擦着头发边向那扇破旧的木门走去。姑娘又走进那扇破旧的木门。

我回到柳树下，举起钓竿。直到现在，还没有见到鱼的影子，我不能就这样空手而归。

时间，从身边跑过。阳光从浓密的柳叶缝隙里筛下斑驳的碎片，池面上，翩舞的蜻蜓，好像也累了。我感觉到肚子的怒吼声越来越响。

姑娘走过来，手里端着热腾腾的饭菜。

姑娘来到我面前，把饭菜按到我手里。姑娘说，饿了吧？我点点头，接着狼吞虎咽起来。

姑娘站在一边，看着我，突然咯咯笑起来。

我嘴里噙着饭，问姑娘，笑什么？

姑娘不搭理，只是笑。我也笑。笑声里，我平息了肚子的怒吼声。我抹抹嘴，告诉姑娘说，一定要钓到鱼。姑娘不笑了。干吗一定要钓到鱼？姑娘不解。

我不作声，也只是笑。

姑娘扑闪着大眼睛看我一会后，突然转身，蹦跳着跑开了。我看见姑娘蹦跳时，旋起的蓝花褂子下，那片晃眼的白。我眼球粘在那片晃眼的白上，随着它，向那扇破旧的木门跑去。那扇可恶的木门啊，它又一次挡住了我的眼球。

我收回目光，目聚鱼浮，决心静下心来，好好钓鱼。吃了姑娘的饭菜，我在心里说，一定要钓好多好多的鱼送给姑娘。我想象着姑娘接鱼后的情景，她会不会邀我共进晚餐呢？这样想着，便觉得钓鱼的重要了。

太阳西斜，晚阳的碎渣渣斜在柳树下。我还是没有见到鱼的影子。我只好收起鱼竿，还有十几里的路要走，不敢耽搁。

我要向姑娘道别，谢谢她的饭菜，并告诉她，明天，我还会来的。但我没有见到姑娘。我在那扇破旧的木门前站了很久，可那扇破旧的木门，却挂着一把铁锁。

第二天，我又来到这个地方。只是，一整天，都没有见到姑娘。

后来，我又来过几次，每一次，都没有见到姑娘。姑娘像从人间蒸发了一般，了无痕迹。我试图打听姑娘的下落，可我连姑娘的名儿都不知道。

再后来，我接到了大学录取通知书。报到的第三天，收到一封信。信上没有地址。拆开后，才知道是姑娘写的。姑娘在信上说，那晚我离开后，她一直跟踪到我家。说她知道我后来去过几次。说她明白我的意思。说她很感谢我。说我的爱，给了她生活的勇气。

原来，姑娘是个白血病患者。那扇破旧木门的房子，是废弃的屋子。姑娘是打算在那里走完人生时光的。

那年高考

戴玉祥

许多年前的事了。

那时，高考时间是在七月。五月份，有一次大型的筛选考。筛选上的，方能参加七月的全国大考。

幸运，筛选考后，我榜上有名。

按照学校的安排，我们这些“准考生”，要在学校强化一个月后，各回各家，自由复习。

在家自由复习的时间，正是家乡的“双抢”（抢收麦子、抢插秧苗）季节，父母忙得不可开交。特别是父亲，好像比我睡得还少。那时候，我每天四点准时起床，夜里十二点才睡。中间用餐，都是母亲送到书房来。见父亲忙成这样，我于心不忍。

那是一个太阳如火的午后，父亲在房前的场地拍打麦秸。

父亲举着竹编的拍子，每打一下，摊在地上的麦秸，都滚起一阵白烟，白烟与天上下着的火裹着父亲，父亲光着上身，黑瘦的肌肤上淌出一条条浅白的水沟。

见父亲如此辛苦，我推开书本，出去也抄起那竹编的拍子，学着父亲的样子，拍打起来。父亲发现了我，一把夺过我手中的竹拍，凶："都快考试了，谁让你干了？滚——"

我回到书房，眼噙泪水，暗暗发誓：一定不让父亲失望。

或许是受父亲的感染，也或许是心里贮藏着对父亲的感恩，每每学习起来，更加投入了。常常，通宵夜战，即使躺在床上，脑子里也是再现着白天复习的内容。时间，一分一秒，都不愿浪费。偶尔倦了，想想父亲，便又精神起来。

父亲夸我懂事了。

但没过多久，父亲又狠狠凶了我。

那天，我趴在书桌上睡着了。

咔擦咔擦，炸响的雷声，惊醒我。我抬起脸，外面电闪雷鸣，雨似倾天而倒。

电闪雷鸣中，父亲正在外面的场地上抢运麦子。刚打下的麦子，正在场地晒着，没料到这暴雨突然而至。

父亲扛着笆斗，来往如飞。我什么也没想，放下书本，抄起笆斗，就跑了出去。

被父亲撞个正着。

父亲抬脚踢飞我手中的笆斗，啪，扇过来一巴掌，凶："都快考试了，谁让你干了？滚——"

还凶："就是这麦子都给暴雨冲走了，也不用你操心。"

我回到书桌前，透过窗子，看见父亲在雨帘里，来回跑动。泪水，汩汩涌出。

还有三天就要考试了，按照学校的安排，我们要返校，接受科任老师考前指导，领取准考证，熟悉考场。

这些天在家复习，还真是积累不少问题，还不到2点，我就爬起来了。经过父母的房间时，听到里面有说话声。

母亲说："那地方淹死过不少人，都不敢去了，你敢去？"

父亲说："知道，好远没人家，周围都是坟头。"

母亲说："那你还去？"

父亲说："娃黄皮寡瘦的，不补补，咋行？"

母亲说："去其他地方呢？"

父亲说："天干，河都干了，没鱼。"

母亲说："那我随你一块吧！"

父亲说："不行，娃还要吃饭呢！"

母亲说："那你可要小心些，网到鱼就回来，别贪心！"

父亲说："好的，够娃吃，就回来。"父亲这样说过后，推门出来。

我慌忙躲开，但泪水，却很响地砸到地上。

经过我的房间时，父亲站了会。之后，背着渔网，轻轻地走了。

望断父亲走进夜色里的背影，我真想跑过去，抱住父亲，不让他去。可我没有。我知道父亲的脾气。

后来，我考取了洛阳师专，接到录取通知书那天，父亲把家里养的猪杀了，请来左邻右舍，在外面的场地上，摆了几桌酒席。

我没见父亲喝过酒，可那一次，父亲喝了很多。

父亲醉了。

我把父亲扶进屋，扶到床上。

父亲躺了一会，挣扎着起来，还要喝。

我说："爹，你都醉了，不能再喝了。"

父亲说："爹高兴，爹还要喝……"

花开两朵

冯伟山

每天早晨，看着小伟发给我的祝福短信，我总是想："是将四年的恋爱继续下去，还是到此为止呢？小伟对我是不错，可他无房无车，太穷了。"

我时不时地陷入了迷惘中。

妈妈就说："我给你讲个故事吧：

"二十多年前，有一个男孩爱上了一个女孩，女孩对他也很痴心，但女孩的父亲却极力反对，因为男孩家太穷了。男孩和女孩是邻村，男孩约女孩出来见面时，他就学青蛙叫。那次天飘着小雪，'青蛙'

在外叫了半天，也没把女孩盼到。原因是他俩约会的暗号被女孩的父亲识破了。

“女孩父亲说：‘我不同意你嫁给一个又穷又傻的人。’

“女孩一脸疑惑。

“‘这大冬天的哪有青蛙叫呀？这人脑子不行！’

“以后，男孩还是不断地追求女孩，他在女孩家的院墙外学各种动物的叫声。春天学布谷，夏天学青蛙，秋天学耕牛，冬天学狗叫。总之，每个季节里男孩看到什么就学什么。他虽然没能约出女孩，但他要让女孩知道自己随时都在向她表白爱情。

“终于，女孩的父亲被男孩的执着打动了。两个年轻人幸福地走到了一起。

“后来，那个男孩竟成了一名出色的口技表演家。”

妈妈停顿了一下，轻轻说：“那个男孩就是你爸爸。”

我唏嘘着，竟有些呆了。

妈妈说：“人生就是一棵能开花的树，一件如意的事就开一朵花。你能得到真爱就知足吧，至于财富那是后话了。”

妈妈说完后，我陷入了沉思。是啊，生活本身就充满了太多的未知，也许会花开两朵、三朵呢？

好听的破碎声

冯伟山

她搬进这个小院后，儿子更顽皮了。

这不，昨天刚打碎了一只花碗，今天一个好好的茶杯又碎了。每当这时，她就大发脾气，还时不时地动手打他，孩子的哭声就把个小院塞得满满当当。

小院的主人是一对老夫妇，六七十岁的样子。每每这时，老妇人就过来把孩子牵走。孩子小小的身子紧贴在老人的腿上，满脸的委屈。老人爱怜地摸着孩子的头，对她说："孩子还小，不懂事哩。"

以后的日子里，孩子好玩的天性似乎

没变，打碎碗碟的事也还在发生，她依旧骂骂咧咧，不断地打孩子。

临近春节的一天夜里，老夫妇的屋里却传来了摔打东西的声音，她就悄悄到窗下去瞧究竟。

男主人坐在椅子上，拿着一只粗瓷碗，手一松，碗就“哗啦”一声碎了。女主人再递上一只，他手一松，碗又碎了。夫妇俩嘿嘿笑起来，满脸的惬意。

她有点儿糊涂了，就瞪大了眼睛使劲去瞅。

这时，男主人说：“老婆子，你也摔只碗听听响声吧。”

“好！”女主人也摔了一只，粗瓷碗落地时脆脆的响声又让夫妇俩笑了起来。

“哎，这些碗跟了咱这么多年了也没个孩子给打碎，真是闷啊！”

“有孩子真好，孩子是块宝啊！”

夫妇俩说着话，那神情，就是一对孩子。

她静静地听着，心像被戳了一下，泪水禁不住滑落下来。

春节过后，儿子依旧在小院里爬上爬下，疯一样地玩耍。她总在一边痴痴地看着，满脸的幸福。

敬业

冯伟山

快到年底了，许老师却突然有了一肚子的烦恼。烦恼来自两个方面，一个是年底学校又要评先进了，自己这么些年工作一般，也没有什么积极向上的举动，评不上本是意料中的事，可每次看到同事们举着火红的证书，在台上挥手致意时，心里还是酸溜溜的；再一个就是自己才四十多一点儿，竟然发福了，在镜子前怎么照也找不到以前的倩影了。许老师就想，荣誉是一辈子的事，可以慢慢来，可保持身材要趁年轻呀。

想到这些，许老师便释然了。

随着年关逼近，班上的功课也紧了起来。一个月下来，许老师明显瘦了，脸色也黑，身体感觉虚了不少。

同事们就问她："你这是怎么了？身体不舒服？"

许老师一笑，说："没事的，最近备课和批改作业多了些。"同事们就都劝她悠着点，别累坏了身体。

终于，许老师还是撑不住，晕倒在了课堂上。过了几天，学校领导去家里探望她时，许老师还很虚弱，一脸的疲惫。

领导说："你慢慢养病，为了学生也不能不顾自己的身体呀。我们一致研究决定，今年你被破格评为优秀教师了。"

许老师听了，很激动，一个劲地说："我不要，我哪够格呀。"

许老师越推辞，领导们越坚持。最后，领导们感动得不得了，说："都累成这样了，还谦虚，我们要在全校教师中开展学习你一心为公的精神。敬业，是我们教师的一贯本色呀。"

后来，许老师真就得了一本火红的荣誉证书，同时还有一些价值不菲的奖品。

没多久，许老师竟被电视上的一条新闻惊呆了。她跑到卧室里，把一堆减肥物品一股脑地扔到了垃圾桶里。新闻上说现在市面上出现了一些伪劣减肥物品，使用多了会使人身体虚弱、晕倒，并致人死亡，工商部门正全力介入调查中。

想想自己这段时间使用的减肥茶、减肥霜、还有减肥背心啥的，许老师吓了一大跳。那些假冒的品牌，正是自己扔掉的这些呀！

彩礼

冯伟山

儿子和小丽谈了三年恋爱终于要修成正果了，可临登记时，小丽却张口要了个“五大件”。原以为辛辛苦苦攒钱给儿子买好了楼房，这彩礼槛就迈过去了，没想到难缠事在这里等着呢。唉，也不知道现在的年轻人是怎么想的，这五大件居然是“五行”，金木水火土。问了儿子才知道，金是金首饰，木是红木家具，水是家用纯净水处理器，火是一整套厨房用具，土是一间接地气的车库。

我一听就火了，对儿子说：“你要是

个孝顺孩子，就和小丽散了吧，为买房子，我和你妈就差卖血了，再弄这五大件，不是成心要我们的命吗？”

看着儿子一脸忧愁不说话，我心里也不是滋味。儿子二十八岁了，好歹谈上了小丽这么个对象，虽然模样一般，但他俩能说上话合得来我也挺高兴。刚才我说让他俩散伙当然是气话，可临登记了她却杀了这么一招“回马枪”，搁谁头上也受不了呀。

过了几天，儿子见我不松口，只好找小丽“谈判”去了。我和妻子为彩礼的事聊着聊着就聊到了几十年前。

我说：“咱结婚那阵，三大件是自行车、手表、缝纫机，有钱的再买台收音机，叫‘三转一响’，那真是阔得不得了。咱连想都不敢想，啥也没有不也结了婚？唉，才过了十年，三大件就成了冰箱、电视、洗衣机，真是蹦着跳着赶时髦呀。”

妻子一笑，说：“是呀，又过了十年，彩礼就成‘三金一木’了，金项链、金耳环、金戒指，外加一辆‘木兰’牌摩托车，当时咱听着只当是瞎闹，可眨眼间搁咱头上就成‘金木水火土’了，真是不公平呀。”

正聊着，儿子耷拉着头回来了。我估摸着没谈成，就说:“要不你再和小丽谈谈，咱两家都让让步，五大件减成三大件‘金水火’，红木家具和车库以后再慢慢添置。”

儿子为难地说:“小丽死活不同意，说彩礼轻了，自己的身价就轻了。要么登记，要么散伙，五大件一样不能缺。我悄悄算了下，车库咱买最小的，其他的都买差点儿的，十万出头就够了。”

听儿子的意思十万好像是个小数目，我刚要发火，妻子瞅了我一眼，赶忙插话说:“谁叫咱生的是儿子呢，就是砸锅卖铁咱也愿意。从明天开始我和你爸分头找亲戚朋友去借钱，最多再过几年紧巴日子嘛。”

儿子听了，也许想打破沉闷的气氛，就笑着说:“我也不想为难你们，可我这么大了，也想娶媳妇呀，况且再不结婚，你们去哪里抱孙子呀?”一句话，把我和妻子逗乐了。一想也对呀，赚钱不就是为了孩子吗?啥也别说了，赶紧借钱去!

刚要出门，同学老李来了。

我说:“真是稀客，一年不见怎么瘦多了?”

老李苦笑一下，说："不瞒老同学你说，我最近愁死了，是来向你借钱的。"

一听借钱，我的汗就下来了。我刚要张嘴说说自己的难处，老李摆了摆了手，说："你千万别找理由拒绝，我现在死的心都有了。孩子要结婚，可女方狮子大开口，竟要了个'三大件'。"

我忙插嘴说："三大件算啥？现在人家的彩礼'五行八卦'都有了。"

老李又朝我摆了摆手，继续说："以前儿子的女朋友老在我面前吹风，说自己闺蜜的彩礼是用秤称百元大钞，一岁一两。我就早有了准备，她今年二十五岁，两斤半大钞不过十三万元左右，我还是能拿得出的。可现在她不学闺蜜了，却要三大件。"

"那好呀，你儿子的女朋友够体谅你的。"我边说边是一脸的羡慕。

老李抬手擦了一把额上的细汗，满脸忧愁地说："体谅？人家的三大件名起得好，叫'一动不动，万紫千红'。一动是汽车，不动是楼房，万紫是一万张五元人民币，千红当然是一千张百元大钞。唉！就是把我卖了也凑不齐呀，老同学，你说啥也要帮帮忙呀。”

说来也怪，听了老李的话，我刚才一肚子的愁闷竟莫名地消失了。

我们做点什么

刘学兵

真正能把渔网修补得像渔网，这件事情只有麦冬做得到。

爷爷不在的时候，麦冬就偷偷地拿起爷爷正在修补的渔网，一手一脚，有板有眼，就像在拴一张新的渔网。透过渔网，麦冬常常看见远处的东西被网眼分成一格一格的，特别有意思。有时候，麦冬也想，要是爷爷突然回家，看见的自己是不是也被渔网的网眼分成一格一格的呢？鼻子装在一格网眼里，眼睛装在两格网眼里，那个样子一定很可笑吧？想到自己像被一个个小方块儿拼凑起来的模样，麦冬就会忍不住笑出声来。麦冬断定，爷爷补渔网的时候肯定不会想到这些，他总是端着一盅苦丁茶猛灌一气，然后继续修补他的渔网。爸爸也不会想到，他都把闲出来的那点时间用来点火抽烟了，然后对麦冬说，过来老子教你补渔网。麦冬补渔网的神情专注，一针一针的，细致入微，把自己的梦想一点一点地补进渔网里。

麦冬的梦想就是天天和爸爸妈妈在一起。

麦冬记得爸爸出门打工之前，一遇上雨天，或者是农闲的季节，爸爸总是坐下来，点燃一支烟，把烟叼在嘴上，冒出的青烟盘旋而上，熏得他把一只眼睛闭上，只能用另一只眼睛来注视自己手里干的活儿，就像在打枪的时候专注地瞄准目标。爸爸就是这样在满屋子的烟草味儿中，不慌不忙地修补他的渔网，半天也舍不得起身。天黑下来了，爸爸就去离家不远处的河里撒网，公鸡刚刚叫响二遍的时候，他又摸索着起床，踩着只能容得下一个人和几张渔网的小船去收网。如果有鱼，天亮以后，妈妈就提到镇上去卖。

镇上离家有点远，妈妈每次去镇上卖鱼，都是早上出门，临近中午才回来。那时候麦冬身上穿的衣服都是爸爸捕鱼，妈妈卖掉鱼后买的。妈妈很会买衣服，穿在麦冬身上的衣服，无论是颜色和大小，都显得恰到好处，也显得精神，在小伙伴中鹤立鸡群。后来，爸爸说种地不能赚钱了，捕鱼也不能赚钱了，就跟一群和他年纪一样大小的人出门打工去了。起初妈妈没有和爸爸一起出门，她留在家里种地。过年的时候，爸爸回来了，给了爷爷很多钱，说是给麦冬的学费，让麦冬认真学习。年一过，妈妈也跟着爸爸出去了，留下爷爷一个人在家里种地。爷爷说年纪大了，没力气锄草犁田。爸爸说那就不种地了。

爷爷还是种地，只是没有原来种得多。不知什么时候，爷爷也把爸爸的网撒到河里。爷爷是个老渔民，捕鱼的技术不比爸爸差，只是年纪大了，很少出门。爸爸说怕爷爷捕鱼有危险，不让爷爷下河。可是爸爸妈妈出去后，就没有人管爷爷了，他就把爸爸留在家里的渔网翻出来，抖落厚厚的灰尘，再撒到河里，偶尔也能捕到几条鱼。爷爷拎着鱼就哈哈地笑，说还没有老，我还没有老。

爷爷不卖鱼。爷爷把鱼煮来自己吃。他把附近几个从小一起长大的老头儿叫到家里来，把煮熟的鱼端到桌子上，再给每人倒一杯酒。于是几个老头儿就喝起酒来，一副畅快淋漓的样子。爸爸妈妈在家的时候，爷爷是不敢这么做的。现在爸爸妈妈不在家，爷爷倒是变得自由起来，这个家里一切都由他说了算。爷爷让麦冬叫那几个老头爷爷。其中有一个叫王德财的，爷爷让麦冬叫他德财爷爷。他好像不喜欢待在自己家里，老是跑到麦冬家里蹭酒喝。每次麦冬看见他的鼻涕流到胡子上，凝成一颗亮晶晶的珠子，麦冬总是想起早晨小草上的露水。那露珠儿挂在小草上，一路铺到学校，数也数不清的亮晶晶。爷爷和德财爷爷几个人一边吃鱼一边喝酒，长一句短一句地说话。有时候，大家一口酒喝下去，眼睛都盯着某一个地方，好长一段时间，谁都不说话，好像这个世界什么都没有了，只剩下满树的蝉声在夏天的阳光里起起伏伏。

爸爸妈妈一直在外面打工，很少回来。麦冬想爸爸妈妈的时候，就偷偷替爷爷修补那些在水里撕烂的渔网，一针一针的，数不尽的网眼里全是爸爸妈妈的影子。

爷爷不许麦冬替自己修补渔网。爷爷说麦冬要好好读书，只有读书，读大学，以后才能挣钱、才能当官，种地、捕鱼，那是没有出息的人干的事情。

今天麦冬不敢回家。

他逃学了。

当初爸爸送麦冬到镇上去读书的时候，好像就料到麦冬会有这一天。爸爸拉着麦冬一直叮嘱老师，用了两个“千万”来表达自己是如何重视和老师之间的沟通，说孩子不听话就给他打电话，千万不要迁就，千万不要怕麻烦。不听话，就涵盖了好多内容，当然也就包括逃学。

老师肯定是给爸爸打了电话的，就冲那两个“千万”。给爸爸打电话麦冬是不怕的，可是，老师给爸爸打电话，就相当于给爷爷打电话。麦冬在学校里和同学打架了，老师说给爸爸打电话，可晚上放学回家，爷爷却虎着脸。如果麦冬的考试成绩差了，老师也会给爸爸打电话，往往就是，麦冬还没有到家，爷爷已经站在门口，他总是语重心长地说，麦冬啊，你真想种地啊，那么没有出息的事情，你也肯去干？不嫌丢人？好像是老师直接给爷爷打了电话。

爷爷的眼睛很小，眼珠子几乎被满是皱纹的脸皮包裹住了，却聚着令麦冬畏惧的光芒。伴随着那种逼人光芒的，还有爷爷手里的一根黄荆棍。黄荆棍村子里到处都是，往往都长在大人们顺手的地方，要是小孩子不听话，大人们随手就能拧到一根，说打就打，痛得钻心，却不伤皮肉，也不伤骨头。爷爷不止一次说过，黄荆棍底下出好人，爸爸当年就是在黄荆棍底下长大的。那些长在荒坡里，长在野地边，长在大路旁的黄荆棍，就好像是专门长出来让大人用来教训不听话的小孩子的。爷爷把黄荆棍高高地举起来，做出要打麦冬的样子，最终还是没有落下来。但麦冬依然怕爷爷。举得那么高，没准儿哪天真的落在屁股上呢，那可不是闹着玩儿的。

麦冬还记得，那是爸爸妈妈一起出门打工的第二年，自己正好读一年级，爷爷在河边教自己游泳。麦冬看见爷爷浑身脱得精光，凡是有骨头的地方都向外面突出着，好像要挣破那些蒙在骨头上的皮肤。可是爷爷在水里很利索，像一条鱼一样在水里钻来钻去。爷爷说，麦冬你下来。麦冬不下去。爷爷就说其实水都是软的，你一进来，它就退开了。麦冬还是不敢去。爷爷就说你看看我。然后就把自己沉到水里，一会儿，爷爷猛地从水里窜出来，双手抹去脸上的水珠，似乎还没有分清方向，脑袋左右摇晃了几下，才对着麦冬说，水真的是软的。麦冬看见爷爷鼓着腮帮子，嘴一张一合的，像是用腮呼吸的鱼。

后来麦冬还是小心地走到水边，把脚试探着伸到水里，还没有触到水，就被爷爷伸手拽进了河里。麦冬笨拙地在水里扑腾着，瞬间就沉到水底，连挣扎也失去了力气。爷爷就骂麦冬笨，还用手拧他的耳朵。那以后麦冬总是怕爷爷的小眼睛，好像那双小眼睛里会伸出两只手来，把自己抓过去，敏捷地抛进河水里，还没有来得及喘一口气，就让水淹没了整个头顶。

爷爷说，学会了游泳，也别指望能下河去捕鱼。

爷爷说，麦冬只能读书。

自从学校搬到镇上去了过后，麦冬就不想读书了。

早些年村子里有学校，只有十几个学生，都是来自附近四五个村的孩子。不久，越来越多的孩子跟着爸爸妈妈出门打工去了，村里的学校最后只剩下三个孩子，其中一个就是麦冬。再后来，学校就搬到了镇上。现在，村里的学校都要坍塌了，要是一个人走进校门，周围都是静静的，只剩下害怕。麦冬不想去镇上读书，他想和爸爸妈妈一起出门，到城里去读书。爸爸说没有人照顾麦冬。妈妈说麦冬就在镇上读书。

就这样，麦冬到镇上去读书了。

村子离镇上很远，麦冬每天很早就得起床，打着手电，走一阵路天才蒙蒙亮。到了镇上的学校，差不多就快到上课的时间了。在学校里，麦冬每天想得最多的事情，就是盼望周末快点到来。一到周末，麦冬就趁爷爷不注意，帮着爷爷补渔网，闹着和爷爷一起去河里捕鱼。

麦冬宁愿偷偷给爷爷补渔网，宁愿和爷爷一起在冬天里，在冰冷的河水里捕鱼，也不想去学校读书。去学校读书的那条路上全是野草，走过去，鞋子多半都会被露水打湿，穿在脚上很不舒服，要是在有雾的早晨，两边的树林里不时传出一些奇怪的声音，野鸡偶尔扑棱着翅膀从脚边猛地飞起来，往往让人出一身冷汗。那简直就是一条险恶的路。记得有一次，麦冬去上学的路上遇到一条狗，那家伙也许是好几天没有吃东西了，吐着红舌头挡在麦冬的面前，眼睛发红，像饿狼一样盯住麦冬。麦冬往东，那条狗也往东，麦冬往西，那条狗也往西，麦冬不走，那家伙也站住不动，吐出的舌头不住地往下掉口水。也不知道僵持了多久，那狗似乎有些累了，居然坐了下来。麦冬慢慢移动脚步，悄悄地远离它，最后绕了很大的一个圈子才到学校。结果当然是迟到了。麦冬受到了老师的批评。老师说平时都按时到校，今天是怎么了。麦冬说，遇到一条狗。想不到麦冬的话音一落，全班都笑起来。老师说，你们信吗？

全班同学拉长声音说，不——信。

老师说我也不信。

麦冬开始试图说服全班同学和老师，他说那狗有多么多么的大，像……像什么呢？对！像熊大。同学们笑得得更欢了，都说麦冬你又骗人，熊大熊二从来不吓人的，更不会咬人，他们只吓像光头强那样的坏蛋，谁不知道啊。麦冬实在找不到什么词语来说那狗到底有多吓人，急得差点掉下了眼泪。

还有一次，麦冬遇到一个男人，瘦高个儿，瘦得像根火柴，走路摇摇晃晃的，好像一阵风就能把他吹倒。瘦高个儿向麦冬伸出手，麦冬退了两步，瘦高个儿向前走了两步，逼近麦冬。麦冬吓坏了，不知道该说什么好。瘦高个儿说，钱。麦冬说，没有。瘦高个儿不信，一只手抓住麦冬的衣领，把麦冬使劲儿往上提。麦冬的脚差点离开了地面，身体几乎要从衣服里滑落出来。瘦高个儿的另一只手一个一个地掏遍了麦冬身上所有的口袋，麦冬总感觉那不是手，是一根冰冷的铁棍在自己的身上杵来杵去。麦冬吓得两排牙齿咬得咯咯直响。瘦高个儿没有在麦冬身上搜到钱，他推开麦冬，打着哈欠走了，好像没有睡醒。

很多时候，麦冬早上去读书，一出门就提心吊胆的，老是担心路上会出什么事情。到后来，麦冬就萌生了逃学的念头。

就说今天吧，麦冬明明不会迟到的，结果路上遇到了一支迎亲的队伍，满是野草的大路好久都没有迎来这么多的过路人了，连躲在草丛里的泥土也探头探脑地张开眼，好奇地打量这帮久违的客人。那个新娘子太漂亮了，麦冬看得有些发呆，不由自主地停下来。麦冬想，要是那个女的是我的新娘子，就好了。麦冬想起一直和自己同桌的小琴，她虽然有圆圆的脸蛋儿，黑得发亮的眼珠，自己有时候也呆呆地看她，可是和这个新娘子比起来，麦冬觉得小琴还是差了些什么。想着想着，麦冬觉得自己的脸有些发烧。羞羞羞，不要脸，耗儿咬你的肚脐眼。麦冬心里念叨着，也不知道自己的脸是不是真的被自己羞红了。

迎亲队伍渐渐远去了，太阳孤单地挂在天空，连投射在地上的阳光都显得那么的寂寥、没落。麦冬突然意识到今天可能迟到了。因为平时到学校的时候，太阳还挂在东边的山顶，可今天，自己还没有到学校，红彤彤的太阳已经在头顶了。也不知道是太阳走快了，还是今天自己走慢了。

麦冬是下了好大的决心才决定不去学校的。他无比地犹豫，往学校那个方向走了几步，停下来，往家的方向走几步，再停下来。最后麦冬停下来，望着天空，什么都不想。就这样反复走着，走过他曾经走过无数趟的这条杂草丛生的大路。爷爷说从这条路上一直走下去，就可以走到镇上，走到城里，走进高楼，还可以走近更多的东西，成为一个有出息的人。

麦冬觉得爷爷的话有时候真的是琢磨不透，不过这条路麦冬确实熟悉，闭上眼睛，他也知道哪里有几块石头，哪里有一个陡坡，哪里有一个坑，一到雨天就积满了水，他总是要沿着坑的边缘跳过去……就像他在完成作业的过程中，哪里做错了几道题，哪里写错了几个字，起初记得很清楚，但谁也说不清楚在以后，或者更长的时间，这一切是否还在记忆中清晰地存在，并且永远不会变得模糊。

就这样走了几个来回，到最后下决心不去学校的时候，按照麦冬的估算，应该是上过两节课了。麦冬就在心里对自己说，都上了两节课了，到了课堂上也学不到什么……麦冬为自己不去学校读书找到了一个充分的理由，就再也没有什么顾忌，他迈着坚定的步子往回走了。然而麦冬依然没有打主意那么早就回家。他不能让爷爷一眼就看出自己没有去过学校。

麦冬走得很慢。可是，走得慢也有走到家的时候，并且比他平时放学回家的时间早得多。麦冬心里暗暗叫苦。他第一次感到时间过得那样的慢，一天的时间，就好像是一年那样漫长，不，应该是比十年还要漫长。多少年以后，当周麦冬回忆起自己当初第一次逃学那个下午的时候，依然能感觉到那个下午的漫长，漫长到足以让他用一生来经历。

是德财爷爷的歌声把麦冬从那个漫长的下午拯救出来的：

哟嗬喂，什么红来舍红满天啰喂；
什么红在田中间嘛，红在田中间啰喂；
哪样红在舍那屋团转啰喂；
哪样红在脸上边嘛；
红在脸上边啰喂
……

每天，只要王德财那双爬过无数山、涉过无数水、走过无数路的脚一迈出家门，哪怕只是几步之遥，他都不想再回去。

自从儿子和媳妇出门打工以后，家里就冷清了。后来孙子读完了书，也出去打工了，还在城里买了房子，讨了媳妇，看样子也是不打算再回村里种地。现在的这个家，其实就是一堆房子，遍布青苔的破碎的瓦，几堵斑驳的墙，一到冬天，风从裂缝里吹进来，呜呜直响，好像有人躲在门外不停地吹哨子，那张老床据老一辈说还是从明清时代传下来的，还有那张桌子，也有些年纪了，在潮湿的屋里病得仿佛只剩下喘息。它们每天只是冷冷地注视着王德财，带着某种嘲笑似的，从来就不曾想过要和他说一句话。

家在哪里，一个人的根就在哪里。如今的家，就像失去了土壤的庄稼，王德财觉得自己就像一根悬挂在藤上的苦瓜，上不沾天，下不着地，整天孤零零地悬浮着，说不定哪天就落到地上，雨水一淋，太阳一晒，就腐烂了，然后变成泥土，再也寻找不到。

儿子和孙子每个月都拿好多钱回家，要让他享清福，安度晚年。每次他拿到钱的时候，都很热烈，不过那短暂的激动过去，屋里剩下的依然是冷冷的家具。活了七十多年，王德财第一次感觉到自己是如此地讨厌这个家。他甚至想，要是有一天那些布满青苔的瓦片，还有那几堵墙都坍塌下来，把自己都压在里面，那也是一种不错的结果。

王德财喜欢去周光明家里喝酒。

麦冬的爷爷周光明常常去河里捕鱼，有时候能捕到几条，几个人还能坐在一起喝喝酒。喝酒是小事情，关键是大家能够在一起坐一坐，哪怕是不说一句话，也比待在家里强。

走过自家地里的时候，王德财总是想起早些年儿子媳妇在家里时的情形，那时候一家人种了好几亩地，特别是到初夏，秧苗插下去不久，田里绿油油的一片，要是有点风吹过，每一株秧苗都欢快地扭着腰，伴着水田里泥土的气息，好像在和自己打招呼。常常有些五彩斑斓的虫子爬在秧苗上，微风一阵阵吹过，秧苗颤颤地向水面倾斜，眼看要倒进水里，虫子便分开甲壳，亮出薄薄的翅翼，不慌不忙地飞开，然后落在另一株秧苗上。到了秋天，黄橙橙的稻谷运回家，晒在院坝里，占了好大一片。几只麻雀蹦蹦跳跳着落下来，连偷吃谷粒的姿势也是那样讨人喜欢，不忍驱赶。现在呢，自己只种了一块小小的水田，那片水田嵌在一片荒废的稻田中间，就像自己一样孤独无助。这都还是自己硬着头皮要种这片水田，按照儿子的意思，他在家里什么也不用做，只管坐着，看看电视，到处走一走，每个月就只管收他们从城里寄回来的钱。可是王德财不干，一天待在家里，不找点农活儿打发时光，在家里闲死了也没有人知道。

空闲的日子一天接着一天，几乎天天如此。他每天起床的第一件事情就是琢磨怎样把这一天打发过去。夜晚能够快些到来，第二天能够提前来临，这对王德财来说是一件欢欣鼓舞的事情。他曾经担心地里的活儿在季节来临之前干不完，有时候甚至天不亮就到地里，铲草，施肥，掐苗，没曾想活儿却是那么的不经干，一不小心就干完了。有一段时间，王德财怎么也找不到活儿干，干脆扛着一把锄头，沿着家门前的那条小路，把小路上疯长的野草铲得一干二净，一直铲到自己种的苞谷地里。在路上铲草虽然不是种地，但是王德财依然觉得像种地一样兴致勃勃。总算又过去一天。别人都是年纪越大越能深切感受到时光短暂，可王德财没有那种感觉，他总是感觉每一天都像一年那样漫长。就像小时候天天盼过年，可年就是迟迟不来一样难熬。

王德财遇到了犹犹豫豫的麦冬。

王德财说，麦冬，你不去读书？

麦冬当然认识王德财。但是他不知道王德财叫什么名字。王德财到家里来喝酒的时候，爷爷总是让麦冬喊他德财爷爷。

德财爷爷看上去比自己的爷爷年纪大一些。麦冬记得他来家里和爷爷一起喝过酒，吃过鱼。几个年纪和爷爷差不多的老头儿聚在一起，有时候谈论得很热闹，有时候呢，一个个都神神秘秘的，好长一段时间都不说话。

麦冬说，德财爷爷，我去读书啊。

王德财说，都啥时候了，你还去读书，你看看太阳，你看看太阳，等你走到学校，只怕太阳都落山了。

麦冬嬉皮笑脸地说，太阳走得快。

王德财说，是你人走慢了吧？

麦冬没有说自己是因为停下来看新娘子耽误了时间，只是说，爷爷要揍我。

王德财说，你不去读书，你爷爷又不晓得，咋揍你？

麦冬说，我要是不去读书，老师就会给爸爸妈妈打电话，爸爸妈妈马上就会给爷爷打电话。

王德财突然有了一种冲动。

麦冬你怕你爷爷打你吗？

麦冬心想，不怕才怪呢，爸爸妈妈离得太远，打不到，爷爷可是说打就打，黄荆棍儿抬手就能落到屁股上。麦冬装出一副可怜相，做出很怕的样子说，怕，怕得很，德财爷爷，你不晓得，爷爷打起我来一点也不心痛，就像我不是他的孙子似的。

王德财说，这样，我去给你爷爷说情，保证你爷爷不打你。

麦冬摇头，不行，你一去，就喝酒，会把说情的事情忘记的。

王德财说我保证不会，再说了，我比你爷爷大，他肯定会听我的话。看着麦冬半信半疑的样子，王德财看看天空，说，你看太阳那么大，站在这里，一会就要被晒成鱼干了，要不你去我家里，晚一点我送你回家，叫你爷爷不打你，咋样？

麦冬说，去你家做啥子？

王德财说，去我家玩呀，你看啊，现在我是一个人，不好玩，你也是一个人，不好玩，我们两个在一起，就好玩儿了，是不是？

麦冬心想也不错，到时候爷爷打我，我就说是德财爷爷叫我和他玩儿，我才没有去学校读书的。麦冬的嘴角挂起了一丝狡猾的笑容。麦冬说，晚上你得送我回家。

王德财高兴地答应了。

一老一少，一前一后来到王德财的家门口。王德财掏出钥匙，郑重其事地打开门。村里虽然没有多少人，也不用担心有人进屋偷东西，可是出门就锁门，这已经是王德财几十年养成的习惯。只有锁上了门，心里才能踏实。

王德财把麦冬让进屋里。

麦冬的脚刚迈进门口，便闻到屋里一股潮湿发霉的气息，好像有几十年都没有人住过了。

王德财脸上挂着喜悦的笑容，他给麦冬端来一个凳子，庄重地放到麦冬的屁股下面。说，你坐。麦冬坐下来，王德财已经转到了灶背后，洗锅生火。麦冬说，德财爷爷你做啥子?

王德财说，你是客人啊，给你烧点开水喝。

麦冬说，我不渴，要是渴了，就喝你水缸里的冷水。

王德财说，那哪里行啊。

王德财没有给麦冬说——其实给麦冬说了，麦冬也不会明白。这个家，好多天，不，差不多快半年了，都没有一个人来过，人们好像都忘记了，这里还有一户人家。

两个人坐下来，王德财看着麦冬，麦冬看着王德财。

王德财先开口。王德财说，麦冬，我们来做点什么？

麦冬一脸的迷茫，做什么？

王德财说，麦冬你喜欢听歌不？

麦冬说我喜欢啊。麦冬又想起了同桌小琴，她不仅眼睛好看，歌也唱得不错，每次儿童节，小琴都要上台表演。

王德财说，那我给你唱歌吧。麦冬说，德财爷爷你也会唱歌啊？王德财说，不信？那我给你唱一首。

王德财把一扇门关过去，然后他站在门后，清了清嗓门，隆重地走出来，就像演员从幕后出来亮相，他还装模作样地掸了掸衣服上的灰尘。其实他衣服上没有灰尘，倒是有一层厚厚的油污，发出一种酸腐味儿。麦冬觉得德财爷爷的样子有点好笑，他四处看了看，想找点什么，比如鲜花什么的，如果德财爷爷唱得好，麦冬就打算给他献花，就像电视上演的那样，很隆重地献花。

麦冬心里长长地松了一口气。谢谢德财爷爷。麦冬想，今天总算能过去了。

麦冬看见桌子上的开水还在冒着轻盈的热气，就端在手里。德财爷爷最好是把今天唱过去，一直到天黑，累了也不怕，渴了也不怕，到时候就给他递水，润润喉咙。

唱什么呢？王德财又清了清嗓门，好像他的嗓子里卡着什么东西，很不舒服。

然后王德财就唱：

早晨从那东边来，
西边路上一树槐，
槐树上面结槐子，
槐树下面挂招牌，
抡起锣鼓下田来。
……

麦冬抬起头不解地望着王德财，这是啥歌？

王德财做了一个姿势说，开工歌。

麦冬望着王德财，啥子叫开工歌呀？王德财心里琢磨着，怎么给麦冬把这件事情说清楚。

就是以前人们种地的时候，就像你们上课一样，有一个统一的时间，也像你们上课要拉铃一样，下地的时间到了要敲锣，这个就是敲锣的时候唱的山歌。

麦冬听得似懂非懂，最后直摇头，说不好听。一副很失望的样子。

王德财说，麦冬你想听啥子歌?

麦冬抬起头想了想说，我想听“你是我天边最美的云彩，让我用心把你留下来”。

王德财吃惊地睁大眼睛，这是啥歌?

麦冬说，凤凰传奇，反正比你那个歌好听。

王德财说，要不我再给你唱一个。麦冬吹了吹冒着热气的开水，轻轻地抿了一口，说要好听的。

王德财又开始唱：

大田啰薅秧呃嘿行对（的）行，

两个哟秧鸡儿嘞嘿在歇（的）凉哦，

秧鸡儿啰盯到嘞嘿秧鸡儿路哦，

幺妹哦嗬嗬那盯到哦嗬喂，

少年啰郎哦嗬。

……

高亢、跳跃的歌声从喉咙里倾泻而出，王德财的眼前又一次浮现出那些年栽秧的情景。那还是初夏，小麦刚刚从地里收回来，几头牛在麦地里来来回回拉着犁铧，半天功夫就把一块十来亩的大田翻了一个底儿朝天。然后呢，绿油油的秧苗就堆在田坎上，男男女女一大帮人跳到水田里，你追我赶地插起秧来。这首关于插秧的山歌，就是当时王德财他们最喜欢唱的。那时候麦冬的爷爷和奶奶刚刚结婚，插秧的时候，新媳妇无疑成了大伙儿就地选材的取乐对象……这一切，仿佛就发生在昨天。而现在，每一块即将插上秧苗的水田是那样的贫瘠和瘦小，常常是一个或者两个人在田里无声地数着那一束一束栽到田里的秧苗。更多的田里则长满了野草，从春天到冬天，从枯萎到繁茂，犹如生命轮回。枯萎的时候，原野一片静寂，繁茂的时候呢，也只是繁茂，野草上毕竟结不出金黄的谷粒。

王德财最后一句唱完，脑海里栽秧的画面还没有淡去，心里不知不觉就涌出一种伤感，自己就这样，不知不觉地老了。

麦冬摇头，不好听。

还不好听呀。王德财瞬间回到现实。他放低了声音，生怕吓着了麦冬。这个屋里，多一个人，好像就多了一分生气。有时候，面对几间硕大的空落落的房屋，自己一个人在里面转来转去，就像在一个庞大的墓穴里，王德财几乎想哭，想畅畅快快地掉一地眼泪。

在家里天天面对电视，画面越是热闹，屋里越是冷清，走出门，大半个村西都看不到个人影，连狗都难得看到一条。今天的运气是几个月来最好的一次，竟然碰到了周光明的孙子麦冬，王德财的兴致一下子来了，好像坐在那里晒太阳也是一件十分有意义的事情。他尽量让自己的声音变得平和一些，让自己的脸上遍布慈祥。说，这些歌都不好听，你说，哪样歌好听？我给你唱。

麦冬歪着脑袋想了想，行，那你就唱《小苹果》。

王德财说什么苹果。

麦冬说，《小苹果》，这是歌。麦冬说完，开始扭屁股，边扭边唱，你是我的小呀小苹果儿，怎么爱你都不嫌多，红红的小脸儿温暖我的心窝，点亮我生命的火火火火火……你是我的小呀小苹果儿，就像天边最美的云朵……

王德财面色死灰，心里涌起的绝望开始在全身弥漫。

要不，王德财带着商量的口气说，我们不唱歌，讲故事，我给你讲个故事，咋样？

一听说要讲故事，麦冬又来了兴趣。他最喜欢听故事了。班上每次的故事会，麦冬都会去给同学们讲故事。在麦冬的记忆中，只有自己上台讲故事的时候，老师的脸上才会露出对自己赞许的笑容。麦冬想，德财爷爷今天讲给我的故事，下次故事会我就讲给同学们听，老师一高兴，没准儿就不会打电话到爸爸妈妈那里告状了。爸爸妈妈的电话和爷爷都是相通的呢。麦冬又想起了爷爷那双小小的眼睛。

麦冬说德财爷爷你讲个什么故事呢。

王德财拼命在记忆的深处搜寻着自己熟知的故事，由于紧张，他的额角渗出了一层细细的汗珠。

偏偏麦冬还在追。看他那样子，不逼出几个故事来，只怕是不会走的了。

王德财说，就讲张飞杀岳飞。

麦冬说，就是精忠报国那个岳飞？

王德财说嗯。

麦冬说，桃园结义里的张飞？

王德财又嗯。

他们也打架呀？德财爷爷你快讲，张飞怎么杀岳飞的？

麦冬催得越急，王德才就越慌乱。他说，张飞杀岳飞，杀得满天飞。这个故事是在哪里听来的呢？好像也是年轻的时候在地里锄草，一个老人讲给自己听的，当作一个笑话讲的，是光福，还是光友？记不清了，反正人都死了好多年了，过去的东西，还去记那么清楚干什么呢？

可似乎不记清楚，就无法给眼前的麦冬说清楚。而麦冬呢，还在问，后来呢？后来呢？

王德财脑子里一片空白。

后来……后来，后来就完了。

王德财突然觉得很好笑，他依稀记得自己年轻的时候听到张飞杀岳飞的时候，好像也笑了的，那时候很年轻，壮实得像一头牛，笑起来很有力量，把四周长长的，像一柄柄剑似的苞谷叶子笑得簌簌发抖。

王德财真的就笑起来。

开始是很压抑的，嘿嘿嘿地笑，后来就放开了，哈哈大笑起来，边笑边说，张飞杀岳飞，张飞杀岳飞，杀得满天飞，满天飞。哈哈哈哈。王德财的声音逐渐拉长，在潮湿发霉的屋里回荡了一阵后，穿出破落的木窗户，在寂寥的原野里传了好远，然后变细，最后成了连续不断的呜咽。麦冬突然感觉脊背有些发冷，他往后缩着身子。

麦冬想，回到家里，就算爷爷要揍自己，也要告诉爷爷，以后别和德财爷爷喝酒了，德财爷爷脑子有问题，笑起来的声音比哭还难听。

王德财一把抓住麦冬说，别走。

麦冬怯怯地看着王德财。

王德财说，德财爷爷给你讲包文正的故事。麦冬说，包文正是谁？王德财说就是包拯。麦冬说，包拯是谁？王德财说，就是包青天，包黑子，小孩子，哪里来那么多问题呢？

麦冬说我晓得包青天。可是麦冬不想听。

王德财说你想听什么故事。

柯南、喜羊羊、熊大熊二……

王德财的脑子里轰轰直响，然后开始晕眩。麦冬没有注意到这些，他提醒王德财，德才爷爷你该生火做饭了。德才说不忙。一个人的晚饭，吃也可以，不吃也能挺过去。年纪大了，好像吃饭的事情也越来越随便，生火煮一锅稀饭，就着一碗咸菜，就能对付好几天，一个晚上的时间长着呢，晚饭，早一点吃和晚一点吃，实在没有太大的关系。

麦冬说，我要在你家吃饭。

王德财把麦冬打量一番，用手在麦冬的鼻子上点了一下。

心虚了？

麦冬点头，是。

不敢回家?

爷爷要揍我。

王德财抬起头，在心里叹了一口气。你要是能天天逃学就好了。

王德财把麦冬送回家的时候，天已经黑了。

屋里漆黑一片，爷爷不知道去哪里了，还没有回来。远远看见屋里没有灯光，麦冬心里暗暗松了一口气。至少，爷爷不会立刻拿着黄荆棍儿站在面前了。要是过了今晚，没准儿爷爷就会忘记这件事情。就算是他能够想起来，到了明天，火气也不会有那么大了。

麦冬悬着的心终于落了下来，得意的神情偷偷爬上了他的小脸。

隔壁王婆婆说整个下午也没有看见爷爷，估摸着是下河撒网去了。王婆婆说，不缺吃的，不缺用的，还跟年轻时候一样，老是爱往河边跑，那河里的鱼都是精灵呢，你捞得太多，惹恼了河神，当心把你收了去。

王德财想走，麦冬却不让。麦冬说，德财爷爷你再等等。

过了好一会儿，爷爷还没有回来。麦冬心里有些慌了，紧紧抓住王德财的手。王德财说，别慌别慌，给你爷爷打个电话。说着掏出手机，找了好一会儿才找到号码，放在灯光下一个数字一个数字摁起来。

王德财最后一个数字摁下不久，麦冬家碗柜顶上的一个纸盒突然尖叫起来，声音猛烈，有些恐怖的意思，把王德财和麦冬都吓了一跳。爷爷的手机还在那个纸盒里不安分地叫着。他们互相看了一眼，目光里尽是失望。

王德财说，再等等。

可是到了天亮，爷爷还是没有回来。

王德财叫来几个平时喝酒的老哥们，拉着麦冬沿着长长的河岸一路往前找。只要是下河撒网，人一定在，不是在河边，就是在河里，容易找。麦冬开始只是在岸边踩着浅浅的河水往前走，后来麦冬有些急了，心也跳得厉害。他扑进水里，柔软的水温顺地向四面分开。没错，爷爷说得对，水的确是软的。瞬间，麦冬感觉就像扑进了爷爷宽厚、暖和的怀里。麦冬听见自己嘴里叫了一句什么话，有些模糊，连他自己都没有听清楚，也不知道德财爷爷和另外几个人听清楚没有。

麦冬的身体下泛开白白的浪花。

德财爷爷和几个上了年纪的老人费了好大的劲儿才把麦冬从水里拎出来。麦冬挣脱了几双枯瘦的手，坐在水边的一块石头上，木然地望着河面。

远处的河面上，一只小渔船缓缓地打着旋儿，周围万籁俱寂。

走遍天下

刘学兵

六十五岁的耿立柱从工业园区林立的厂房和嘈杂的机器声里走出来。

那是一个秋天的下午，微微的风拂过街面，同时也拂过他那张爬满皱纹的、满是沮丧的脸。天还没有到最冷的时候，可是耿立柱的心里早已塞满了寒意。他的手里什么东西都没有，和他的心一样，空落落的。

老板今天找耿立柱谈话，开门见山，内容更是简单明了。说现在厂里不景气，生意不好做，钱更不好赚，耿立柱现在可以不上班，可以在集体宿舍里住，可以在厂里食堂吃饭，不用付钱，甚至，厂里还承诺给他多发整整一个月的工资。但是，前提条件是：一个月后，必须走人。

话都说到这个份上了，耿立柱还能说什么呢？就算他能说出一千个一万个理由，也不敌老板让他走人的决心。耿立柱不再客气，与其待在车间里耍赖，干些可干可不干，挣些吃不饱饿不死的钱，还不如自己识趣一点，先走出厂门，看看能不能找到一份适合自己的工作。

走出厂门，阴冷的秋天里虽然没有阳光，可是，耿立柱感觉那灰白的天空竟然也是那么刺眼，让他的眼睛有些无所适从。他不得不承认，今天走出厂门和从前下班走出厂门的感觉是不一样的。要是换在平时，不是和旁边的同事谈论工件的尺寸，就是高声和远处的同事打招呼，第二天还可以抬头挺胸，理直气壮地回来上班，和同事大声地说段子，开一些粗俗的玩笑，那些声音能够压过机器的轰鸣，让同事们展开千姿百态的笑脸。就算有车间主任在，也会无比宽容，和颜悦色地提醒大家，玩笑可以开，得注意安全。那完全是团结和谐的场面。

现在呢，耿立柱一个人默默地走出厂门，失去了说话的冲动，灰头土脸的，像城市里偶尔穿过的流浪狗，行动迟疑，目光茫然，不知道什么地方可以填饱肚子，也不知道去哪里才可以美美地睡一觉。从外面回来，还没有走进厂门，耿立柱心里已经没有了底气，看谁，谁的眼光都充满了狐疑，都谨慎地打量着他全身的每一个角落，好像他身上的某个地方会藏着工件，出厂门就会带走厂里的一大半财产似的。

重新找工作？这话说起来轻松。这几天，耿立柱在整个工业园区里走了十多个厂家，人家一听说他六十多岁了，直接说我们连五十岁的都不要，哪里还能要六十五岁的呢。有的厂的保安看见他来了，不等他靠近厂门，就开始下逐客令，老人家，这里是工厂，不是养老院，走吧走吧。

耿立柱这才真正地发现，属于自己干的活儿是越来越少了。时间不仅让自己越来越苍老，还让自己和这个世界的距离越来越远了。

自从老伴去世后，儿子和媳妇带着孙子离开了耿立柱，他们花光了一家人所有的积蓄，在城里按揭了一套房子。平时，他们像是在空气里消失了，没有电话，没有问候，一到交月供的时候，电话就打来了。照例是一番言不由衷的问候，工作呀，生活呀，一个人要多注意身体呀……最后才吞吞吐吐地开口，左一个爸爸，又一个爸爸，儿子媳妇嘴上像抹了蜜糖，喊得甜得很。这些都不能让耿立柱举白旗，唯有小孙子，在电话里奶声奶气地一开口叫爷爷，没说的，耿立柱立马缴械。接下来的话就好说得多了。儿子就会在电话里问有没有多的钱，这个月的月供差点钱。不用问多少，耿立柱会把一整个月的钱都给儿子。想想儿子也不容易，二十二岁就结婚了，要是别家的孩子，二十二岁还在父母这个参天大树下乘凉呢，而自己的儿子，不得不用羸弱的肩膀扛起一个家庭。儿媳妇的工资也不高，还要供孙子读书，还要解决生活中的柴米油盐酱醋茶，还要留一小部分钱，万一有什么突发事件，也好应急。

有时候，耿立柱想孙子了，就叫儿子发一张照片来看看，儿子说忙着呢。问忙什么？忙着挣钱交月供，忙着挣钱养家，忙着挣钱给儿子读书，有多远读多远，忙着挣钱给你孙子以后娶媳妇，要看孙子啊，自己来看。每一次通话，耿立柱和儿子说得最多的就是钱，好像他们两口子一天到晚都在为钱忙碌，发一张孙子的照片就会耽误他们挣钱的时间，大把大把的钞票就会像水一样流走了。

其实，耿立柱心里明白，儿子和媳妇这是在给自己打预防针呢，时刻给自己提醒，要捂紧钱袋子。儿子和媳妇不但剥夺了耿立柱享受天伦之乐的权利，还把那套房子压在耿立柱的身上。可是耿立柱觉得压着舒服，因为每个月儿子和媳妇要房贷月供的时候，耿立柱才有机会和孙子说几句话，听到孙子那稚嫩的声音叫着爷爷，耿立柱心里那个甜呀，背上扛着一套房子也觉得幸福，就心甘情愿地把钱打给了儿子和媳妇。房子是大事情，乡下人能够在城里买上一套房子。那叫有本事，今后孙子住着，也显得洋气。

现在没有工作了，基本上就没有了经济来源，别说给儿子交月供，就是自己的生活，恐怕也成了大问题。

沿着县城的大街整整走了两天，工作的事情仍然令耿立柱失望。

事情的转机来自一个叫晓东的男孩子。

那以后，耿立柱就短暂地忘记了即将失去工作带来的失落。耿立柱仔细回忆过，在没有接触晓东之前，晓东至少应该在他的面前出现过三次。

晓东的鼻梁上有一颗痣。

在耿立柱的记忆里，他还没有见过鼻梁上生痣的人。据说痣生在鼻梁上，是很不吉利的。

那是一个跪在大街上乞讨的男孩子，约莫十一二岁的样子，头发又长又凌乱，好像从他娘的肚子钻出来就从来没有理过，也没有洗过，脸上也是脏兮兮的，他的目光茫然，大多数的时候都是把头深深地埋下去，专注地看着地上的某处，就算是有人扔给他一些零钞，他也是鞠一躬，把头埋得更深，好像怕熟人看见认出来。

起初耿立柱没有注意，随着人流走开了，自己都如此困窘，哪里还有心思去管别人呢。

可是不久，耿立柱又看见他了。依然跪在大街上，依然把头埋下去，有人扔零钞的时候，依然鞠一个躬，额头差不多碰到了地上。

耿立柱恍惚记得第一次见到他的时候，是在老街公园的门口。他跪在一个花台旁边，不远处是一个垃圾桶，大包小包的果皮纸屑胡乱地挤在里面，都快溢出来了。清洁工还没有来得及清理，那些垃圾被太阳一晒，开始散发出异味儿。耿立柱禁不住皱了皱眉头。那个男孩子一点也没有意识到。

他跪在那里，虔诚得像一尊雕像。

耿立柱走了好远，心里依然在想，孩子应该在学校里读书习字，不是特别的困难，谁都不愿意跑到大街上丢人现眼地跪着乞讨。由此他想到了自己的孙子，自己没有了工作，就没有钱给儿子，儿子没有钱，就无法让他的孩子读书习字。换句话说，自己的孙子以后也有可能像眼前这个孩子，沿着大街乞讨。耿立柱不敢往下想，他加快脚步，想远离这个孩子，同时也想尽快找到一份工作，哪怕工资不算太高，哪怕是苦一点累一点，只要自己过得去，只要能有一点积蓄，他也愿意干，立马就干。

路过人民广场的时候，耿立柱又看见了那个孩子。耿立柱感觉时间不长，好像他一直就跟在自己屁股后面来到广场似的。人民广场有很多中老年人在发传单，男的女的都有，耿立柱心里一喜，就站在旁边和一个中年妇女聊起来，打听发的是什么传单，每天工作多长时间，一天能挣多少钱。结果令耿立柱有些失望，人家不愿意谈及工作的事情，更多的是把传单往他手里塞。那个中年妇女把一叠传单塞到耿立柱手里，就丢下他走开了。耿立柱还想向她打听工作的事情，忍不住跟着走了几步，却差点撞到一个跪在地上的男孩子身上。

又是他。那个鼻子上长了一颗痣的男孩子。

耿立柱一愣神，那个中年妇女很快就在人群里挤得不见了踪影。

耿立柱很恼火。他正想骂两句，可一看那个孩子埋着头，长发耷拉下来，几乎遮住了整张脸，整个人有气无力的样子，耿立柱的心就软了。

耿立柱不再去追那个中年妇女了，他站在那里，把那个男孩子仔细打量了一番，然后他蹲下来，看着他。

那个男孩子感觉到有人在注视自己，他用双手把散落在四处的零钞收集起来，让它们堆得更加紧凑，然后就把头深埋下去，好像在专注地数地上的零钞是多少钱。

耿立柱的心一下就被抓紧了，被什么揪住了。他走到僻静处，摸出自己身上所有的钱，仔细数了数，一共是一百一十六元七毛。这一百多元钱瞬间让耿立柱无比地满足，自己至少比那个在地上乞讨的孩子处境好多了，自己可以吃饭不用给钱，睡觉不用给钱，甚至还可以平白地多得一个月的工资，还有什么不满足呢？再往下想，耿立柱心里就产生了一种莫名的歉意，好像自己这一笔钱是罪魁祸首，让孩子饱受打击，生活落魄。所以当耿立柱在那个孩子面前蹲下来的时候，他就下定了决心，要用完这笔钱，直到自己身无分文。那样，耿立柱才觉得自己和那个孩子站在一起的时候，才不会有一种无形的压力。

耿立柱伸手去捡一张零钞，那个孩子迅速抓住了他那只拿钱的手。

这是我的。男孩子居然开了口。

耿立柱笑了笑。

你叫什么名字?

耿立柱蹲下去也比那个孩子高了半个头，这使他和男孩子面对面交流显得有些难受。他索性站起来，居高临下地审视着那个男孩子，恰好那个孩子也抬起头来看他。没错，就是他!耿立柱记住了他鼻子上的那颗痣。

这回耿立柱看清楚了，他的面前有一张纸，上面写着几行字，字迹有些模糊了，大意是父母亲得了重病，无力医治，更没有办法读书，请求婆婆爷爷叔叔伯伯姐姐妹妹伸出援助之手。

孩子的目光始终凝视着地上的某一处，那里似乎正堆积着他需要的一切，那里就是他的全部。

晓东。

小东？

男孩子微微抬了一下头，和耿立柱对视，解释说，是拂晓的晓。

耿立柱本来以为他是一个胆小害羞，由于家门不幸而缺乏自信的男孩子，没想到在他凌乱的头发下面有一双炯炯有神的眼睛。不过这一双眼睛没有让耿立柱吃惊，他再次看见了他鼻梁上的那颗痣。由于距离太近，长时间的对视容易产生幻觉，耿立柱觉得那颗不大的痣瞬间就变成了一只小黑虫子，在他的鼻梁上爬来爬去。耿立柱记得，父亲说那叫断梁痣，生得不好，家里容易丧失顶梁柱，没准儿他小小年纪就遭遇了不幸呢？这年头生活越来越好了，不是家里出现了重大变故，谁愿意跪在大街上，低三下四地乞讨啊。

耿立柱想把自己身上的钱给晓东。

他在心里反复地想，把十六元零钱给晓东吧，感觉有点少了，对孩子的帮助不大，把那整整一百元给他吧，好像自己也有些不舍，毕竟自己每个月还要给儿子一部分的月供。耿立柱站起来走开几步，并没有远离晓东。他就在离晓东六七米开外徘徊了一阵，还用眼角的余光瞟了一眼晓东，发现晓东依旧无动于衷，像个木偶那样一直跪在那里。耿立柱在心里感叹一声，快步向一个烟摊走去。他掏出那张百元钞票，买了一包廉价的香烟。

接下来的一段时间里，连耿立柱自己也弄不清楚自己围绕晓东来来回回走了多少次，直到他把从烟摊上换来的一百元零钞中的五十元放到了晓东面前那张写满字的白纸上。

耿立柱觉得自己绝不是在施舍。

他不急不躁，不卑不亢，心怀坦荡，虔诚地把钱放在晓东面前。每次在晓东面前放钱的时候，晓东都没有抬头，他只是看见了钱，才深深地伏下身子，口里含混不清地说了一句谢谢。耿立柱不知道晓东是不是看见了自己在一边来回走了好一阵，从他的内心里来说，他是不希望晓东看见自己的。耿立柱想，孩子是有尊严的，他不是乞丐，他只是遇到了不幸。人这一辈子，谁能顺顺利利不出差错就走完呢?

兜里就剩下六十六元钱了。那七毛零钱耿立柱也没有留下。他为自己留下几碗小面钱。有一点耿立柱很清楚，吃饱了，才有力气沿着工业园区的每一条巷道一家一家找工作。

在厂里工作了近二十年，耿立柱没有想到自己会被工厂辞退，说得不好听点，就叫开除。理由简单得简直不能称之为理由。鸡蛋里都能挑出骨头来，还有什么不可能的。其实大家都明白，这都是超龄惹的祸。

耿立柱有些怕在大街上走，他怕在大街上遇到熟人，就算是遇到一个陌生人，他也会避免直接和他对面，而是侧身，以一种灰溜溜的姿态离开。

所有的变化与经历，无一不是从进入城市那一刻开始的。

这或许就是天意。

下午，耿立柱意外挣到了六十元钱。

几个棒棒同时接到了两批业务，为了赶时间，他们拦住了在街上盲目乱转的耿立柱。领头的棒棒走上来拍了拍耿立柱的肩膀，直奔主题。兄弟，想挣钱不？耿立柱被这突如其来的打扰弄得不知所措，瞪着眼睛看着眼前这群拿着绳子和扁担的壮汉。

啥事？

搬货。

怎么搬？哪里搬？

去了就晓得了。

不等耿立柱开口，领头的棒棒说，最多一个小时，给你五十块，怎么样?

耿立柱想都没有想就说，六十。

领头的棒棒挺爽快，一挥手，说六十就六十，没准儿下回我们还要找你呢。为了证明他说的话绝非戏言，他掏出手机，郑重其事地留下了耿立柱的电话号码。

事后耿立柱才后悔不已。

该向他们要一百，耿立柱阔气地想。他没有想到，自己居然还有力气，看起来似乎比那群棒棒还要厉害。

原来他们是把五吨的水泥从一辆货车上卸下来，转到一个很干燥的地方。一群人你来我往，果然不到一个小时，一车水泥便卸完了。尽管他们拿到钱的时候都是遮遮掩掩的，但是，耿立柱还是感觉到了，他们拿到手的钱一定比自己多得多。那群棒棒，嘻嘻哈哈地说笑着，用口水打湿了手指数着一叠钞票，片刻便消失在街道的尽头。他们去了下一个既定的目标，耿立柱想，等着他们的下一个目标，一定是要他们在短时间内赶过去。他们整体上少收入六十元，却接了两单活儿。

在下一个地方，他们一定不会像现在这样慌慌张张地干活儿，他们会不慌不忙，气定神闲地做完讲好的业务，除非他们在没有完成之前又接到了业务。到了晚上，他们一定会数钱，把刚才数过的钱加上最后一笔业务挣的钱，一起数一遍，数量肯定很大，大得足以让他们认为今天这一天没有白过。

耿立柱真想和他们一起去干接下来的活儿，但是那群棒棒没有叫他的意思，说说笑笑地走了。

耿立柱的心里不免有些失落。

不过耿立柱在失落过后，心里又重新建立起了信心。只要有一双手，还怕挣不到钱吗?

黑夜降临了，华灯初上。

耿立柱心里平静下来，他来到一个小馆子里，炒了一个菜，开了一瓶啤酒，一个人自斟自饮。耿立柱很少一个人下馆子。从前也只是在厂里吃饭，为的是节省，再节省。儿子那套房子的按揭不仅仅是儿子的，也是自己的。就算迫不得已在外面吃一顿饭，也是把价钱算了又算，生怕多花了一元钱。

记得有一次和同村的一个从小一起长大的伙伴吃饭，伙伴说他给钱，谁知吃到中途伙伴却不辞而别，餐馆老板找不到人买单，只好拦住耿立柱，不让他走。耿立柱就和餐馆老板争执起来，结果餐馆老板报了警，尽管耿立柱喊冤叫屈，但警察依然公事公办，让耿立柱买了单。

后来耿立柱总结出一个道理，再好的朋友有时候也是靠不住的，只有自己挣钱，那才叫硬气。每次下馆子吃饭，为一两元的小事情，耿立柱也要固执地要回来，惹得小店里的服务员把钱和一连串难听的话一起砸给他。

身后的几个人也在吃饭，从吵吵闹闹的口气里，耿立柱判断出他们的年纪都不是很大，应该是哪个学校的学生，一定是他们之中谁今天过生日了，也一定是他们太过于窘迫，所以他们选择了这么一个偏僻的，算得上价廉，未必算得上物美的小店。当然，他们一定还想背着大人们喝一点酒，来解除学习期间带来的身心疲惫，缓解来自老师和父母的压力。

他们好像还在凑钱。AA 制，耿立柱脸上微微一笑。每个月发工资的时候，车间的同事们都要相约出来吃一次饭，主要是联络感情。老板也特别支持，有几次还和大家一起吃了饭，唱了歌。都是 AA 制，据说在外国相当流行。

几个孩子的声音此起彼伏。

一个说，我这里八十五。

另一个说，我刚好一百。

一个女孩子说，我今天特差劲儿，才五十五元。

接下来的一个声音差点儿让耿立柱把手边的啤酒瓶子撞倒了。

那个声音说，今天我遇到一个老头儿，他脑子好像有病，一下给了我五十元。现在挣钱不容易呀，五元的钞票都很少了。

后面的一段话引起的是一阵感叹，但前面的一段话引起的却更多的是惊呼。

什么什么？五十元？真的还是假的，不会是冥钞吧？

开始我也是不相信呢，那个声音得意地说，那个老头儿一下子掏出钱来，花花绿绿一大把，当时我就在想，他可能要给我一元，最多也就是五元，没想到他走来走去的，一下给了我五十元。

大款呀。

又是一阵惊呼。

那个声音说，大款个屁！我看他失魂落魄的，不是生了病，就是脑袋有问题。那个声音最后说，简直就是一头猪！

声音有些熟悉。

耿立柱微微侧身，看见了对面那张在灯光阴影里的尚未成熟的脸。一个女孩子掏出打火机，嚓嚓嚓三下才打燃，然后给他点烟。在打火机的火光映照下，耿立柱看见了吸烟的男孩子的鼻梁上有一颗痣，像一只吸血的蚊子，丑陋地趴在那里。

他老练地点燃香烟，嘶嘶嘶地，深深吸了一口，神情陶醉，很享受的样子。他吐出几个怪异的烟圈，那烟圈悠悠然向耿立柱飘过来，缓缓地停在耿立柱的额前，久久不肯散去，好像在傲然地向耿立柱挑衅。

耿立柱在心里叫了一声。

晓东。

回到工厂宿舍，一种遭受羞辱的心理让耿立柱不安地骚动着，很久没有睡着。在那个小餐馆里，耿立柱并没有站起来去面对晓东，他只是调匀了呼吸，从喉咙里发出一声平静的咳嗽，然后背着晓东，向他投去鄙夷的一瞥。

怎么也睡不着。睡着了，也是半梦半醒的。一个长长的梦，就让一个骚动的夜晚平静到天亮。

耿立柱梦到自己家里养了一只羊，每天早上，耿立柱都会背着背篼，把羊群赶到山坡上去，让它们自在地吃草和打闹。太阳很明亮，河面上到处都漂浮着死鱼，死鱼泛着白光，和太阳相互辉映。人们都在谈论，说这个世界要毁灭了，死亡就是从鱼开始。山上光秃秃的，没有草，好在地里有萝卜。耿立柱拔了一些萝卜吃力地背着回家，却被一只大象挡住了去路，它说它要借一下他的背篓。耿立柱把萝卜从背篓里倒出来，萝卜滚了一地。回到家里，屋里已经空无一人，父亲母亲妹妹已经躲到了屋后的山顶上。电视上的画面已经扭曲得变了形，声音还在，正在播放世界毁灭的消息。说这个世界所有一切，包括动植物都会被分解，分子原子微子离子DNA都会打破原有的排列而重新排序。人有可能变成树变成猪牛羊马狗鸡鸭等等，而动物有可能变成人。他有些急，急忙去山顶上和父母妹妹在一起。这时候天开始变黑，四周电闪雷鸣。耿立柱想到家里给孙子买的书，世界毁灭了，我可以把书留下来，把文明留下来，把道德留下来。耿立柱想回家去拿书。父母和妹妹都不准。地面开始颤动，低洼处已经开始下陷。他们拼命往山顶跑。在路上，他们遇到了从小一起长大的伙伴儿，就是那个请客中途不辞而别的家伙。他们就一起逃命。但是，他们后来都被裹进了下陷的泥土里，落进了一个全是方格的高大建筑里。耿立柱找遍了所有的方格，没有找到伙伴儿，也没有找到父母和妹妹。他绝望了。这时候耿立柱听到有人在唱样板戏。他循声望去，果然看见一群人在很认真地唱。耿立柱想，他们大概都是动物和植物变的吧。那么我现在是什么呢？猪？牛？耿立柱摸了摸自己的脸，感觉自己的脸和那些人一个样子，有鼻子，有眼睛，还有耳朵。他放心了。还是个人的样子。于是耿立柱上前问他们看见自己父亲母亲妹妹没有。他们向一个大坑指了指说，在飞机上。耿立柱一看，哪里有飞机呀？在大坑的旁边有一条很大的蛇，正慢慢蠕动着。在大坑里面，耿立柱看到了佛祖。但是，只能看见佛祖的头，看不到脸，耿立柱惊恐得大叫起来……然后耿立柱就醒了。他大汗淋淋，心跳急促。

耿立柱极力去回想刚才梦中的情形，可是，脑子里乱糟糟的，怎么也理不出一个头绪。这个梦，到底能说明什么呢？耿立柱是一个极端迷信的人，比如说，眼皮跳动，他会先分辨一下是哪一只眼睛，如果是左眼皮跳动，上班的时候，他就一定会小心，生怕出事情，左跳灾，右跳财嘛。

有一次他的右眼皮从早上一直跳到中午，耿立柱居然去买了一注彩票，结果连一个末奖也没有中到。耿立柱很不开心，对他老婆说，彩票有假。那时候耿立柱的老婆还没有去世，她说，我说你人才有假。耿立柱说，左跳灾，右跳财。耿立柱的老婆说，你真笨，男左女右都不晓得。耿立柱一琢磨，觉得老婆说得有道理。就说，那，究竟是左跳灾还是右跳灾？老婆说，谁晓得呀。弄得耿立柱云里雾里，左眼皮跳也小心翼翼，右眼皮跳也小心翼翼，生怕在工作中出什么岔子。车间主任却是欣赏耿立柱的这种工作态度，说他把安全生产的条例落到了实处。

如今，老婆都去世好多年了，每次想起当年的情形，耿立柱的心里都会涌起些许的苦涩。

一开始的时候，耿立柱还是准备再找一个老伴的，可是，每每谈到这件事情的时候，媳妇都抬起眼，扬起眉毛，把耿立柱打量一番，柔柔的眼光却看得耿立柱心里发毛，最终，耿立柱放弃了这个念头。

眼睛盯着屋顶，远处尽管有夜班机器的轰鸣，但是耿立柱已经习惯了，所以，自己是什么时候再次睡过去的，耿立柱已经记不住了。

没有上班，晚上睡觉前就少了一种紧迫感，耿立柱睡得很放心，很坦然，就算一个月过后还没有找到工作，耿立柱也没有起初那段时间那样着急了。他发觉，就算自己不做工厂的工作了，至少还可以去大街上当棒棒。昨天的一个小插曲，让他增添了在这个光怪陆离的城市里生活下去的勇气，只是，以后给儿子的月供，不知道会不会和从前一样令他们满意。

一觉醒来，天已经大亮了。太阳从高楼的缝隙里爬出来，睡眼惺忪。生活嘎吱一声打开新一天的大门，笑对苍生。

耿立柱在床上舒展了一下，身体下的床吱地怪叫了一声，好像在叫痛。

耿立柱没有感觉到床的痛，却感觉到了浑身有说不出的疼痛。他这才意识到，这都是昨天挣那六十元留下的后果。好多年都没有干这么重的体力活儿了，出现这种情况也算正常，习惯就好了。

还是岁月不饶人啊。耿立柱在心里感叹，自己确实一点一点开始老了。

厚着脸皮去厂里食堂吃了早饭，耿立柱又在大街上漫无目标地走着，他希望再次碰到昨天那几个棒棒，就算拉下一张老脸，也要再和他们合作一次。不过，耿立柱并未如愿。他掏出手机，翻出那个叫陶老大的电话号码，正想拨过去，一想到不知怎么向对方开口，就心有不甘地把手机放回了口袋里。

不过，他遇到了晓东。

这令耿立柱颇感意外。

按照耿立柱的想法，他们既然是骗子，一定是打一枪换一个地方，早跑得不知去向。但是晓东还在。

晓东似乎忘记了耿立柱，他跪在那里，深深低着头，做伤心状。

耿立柱把一张十元的钞票放到他的面前，和其他的零钞相比，这十元太打眼了。他抬起头，显然认出了耿立柱。

爷爷。

耿立柱没有说话，他站起来，头也不回就消失在人群里。

下午，同样是在广场，同样是在昨天那个地方，耿立柱又把十元钱放到了晓东的面前。

晚上，有同事从外面进宿舍，推了推蜷缩在床上发愣的耿立柱，告诉他说门口有人找。耿立柱出来一看，晓东正站在厂门口东张西望。

耿立柱叫了一声晓东。

晓东跑过来。

你们这个厂真难找。

话还没有说完，就把两张钞票，塞到耿立柱的手里。

爷爷，这钱还给你。

耿立柱有些意外，他把二十元钱又给晓东，晓东不要，说不差这二十元钱。耿立柱来到一个夜啤酒小摊面前，他要请晓东吃烧烤，花掉这二十元。既然给出去了，耿立柱就没打算要回来。

晓东老练地笑了，说，要是吃烧烤，爷爷你就亏远了。

耿立柱不解地望着晓东。

晓东说，吃烧烤这点钱不够，还要添。

看着耿立柱犹豫不决的样子，晓东说，不如去滨江路走走吧。

他们就来到了滨江路。

两个人像是老朋友，并排走着。晓东问，爷爷不是在厂里吗？怎么没有上班呢？

耿立柱苦笑了一下，说我辞职了，准备到儿子家带孙子。

他不好意思说因为年纪大了被厂方劝离。

晓东哦了一声，说我要是你孙子就好了，能天天和你在一起。

耿立柱说，你的爸爸妈妈呢？

晓东摇了摇头，说不晓得。

他告诉耿立柱，自己从记事起，就不知道是自己是哪里人，爸爸妈妈是谁，只知道整天跟着老板在城市里要钱，走了一个城市又一个城市。老板说要带领他们走遍天下，赚遍天下的钱。晓东他们在一起的并不是几个小伙伴，而是一帮人。每一天，他们按时起床，按时吃早饭，然后像工人上班一样，按时到大街上，跪在地上乞讨。每天的收入除了住宾馆、吃饭，每个人还能分一部分，但是大多打到老板指定的账户上了。

耿立柱立刻意识到晓东其实就是一个被拐卖的孩子，被人贩子拿来变成摇钱树了。耿立柱心里想，等一会儿一定给媳妇和儿子打个电话，叫他们好好守着自己的孙子，要是叫人贩子拐走了，像晓东这样，一辈子都不清楚自己是谁，也不知道自己的父母是谁，那实在是太可怜了。听说，还有的人贩子把孩子拐卖来以后，专门卖人体器官，相比之下，晓东能健康地活着，能跪在大街上乞讨，算是幸运的了。

想到这些，耿立柱禁不住一阵阵心惊。他问晓东，咋不跑？晓东说，能跑到哪里去？尽管老板没有在身边，可是他的眼睛好像就在大家的身边，谁要是偷懒，谁要是三心二意，不到两个小时他就晓得了，就会被不知从哪里冒出来的几个人狠狠揍一顿。

一看耿立柱的眼睛紧张地四处看，晓东笑了笑说，你放心吧，下班时间，没人管的。耿立柱说，你们也分上下班呀？晓东说，我们也是叫工作啊。

耿立柱长出了一口气。悄悄问，你们老板是哪个？住在哪里？晓东用两个不晓得让耿立柱失去了再往下问的兴趣。

耿立柱很想去晓东住的宾馆看看，可是晓东说什么也不带他去。晓东说，老板很厉害，动不动就打人，拳打脚踢，简直就像是在对付大街上的流浪狗。耿立柱怕晓东像流浪狗一样被老板打，就放弃了去晓东住的宾馆看看的念头。

两个人默默地走着，都不知道再说什么。要分手的时候，晓东说，爷爷你是好人，我真想天天和你在一起，可是，过几天，我就要离开这里了。

耿立柱心里想，其实自己不久也要离开这里了。晓东至少还有下一个城市，还有下一个目标，可是自己呢，唯一能够回去的，就是乡下的老家了。这个城市，不是属于自己的。

就这样，一老一少成了好朋友。

有时候，他们两个就倚在江边的栏杆上，面对长江，久久不说一句话。有时候呢，两个人都有说不完的话，耿立柱就说自己的孙子，一开口就没完没了。说再过几年，自己的孙子就差不多和晓东一样大了，说不定比晓东还要高，还要帅。晓东呢，还比较矮，下巴刚好搭在栏杆的顶端。他年纪虽小，不知什么时候已经学会了感叹，学会了沉思，他说得最多的就是不知道自己从哪里来，也不晓得以后到哪里去。缓缓流动的江水，汽笛长鸣的轮船，在浅浅的江水中追逐的情侣，空气中偶尔飘过的花香，蹒跚学步的小孩一个趔趄。随处是生活中的乐趣和不经意，就像是生活本来的样子。可是，就算是近在眼前，仿佛也像是隔了一层纸，触不可及。

几天后的一个晚上，晓东找到耿立柱，显得很神秘，说要请耿立柱吃饭，有事相求。

耿立柱能想到的就是，晓东可能央求自己设法寻找他的父母，这个托付未免显得太沉重和郑重其事。

就算不能答应，就算答应了无法实现，这个话题都能值一顿饭。

耿立柱这回很爽快地接受了晓东的邀请。

坐上桌子的时候，晓东就大方地和服务员打了招呼，这顿饭的钱他来付。

接下来就是开酒，一老一少居然吃得很融洽，在年龄上他们相差了好多个十年，可完全没有代沟。酒到中途，晓东说明了来意。他说，爷爷，你可不可以让我去你们那个厂上班，你在那个厂里干了好多年，一定有很多熟人，你能不能给他们说说。耿立柱一愣，他没有想到晓东会有这种想法。好在晓东还没有成年，厂里有明文规定，严禁招收童工，不得录用未成年人。这多少让耿立柱在回答晓东这个问题的时候不至于那么为难。

耿立柱说不行。

晓东说，熟人也不行？在他心里，好像应该是有熟人就没有办不成的事情。

耿立柱说，厂里不是不想招你，是不敢招你。

为啥?

国家不准。

给晓东的解释没有费太大的精力。

反倒是耿立柱自己显得为难起来。他不知道该怎么给晓东说，他实在是想和晓东一起去走遍天下。

三叔那些事

刘学兵

多年以前的一个凌晨，父亲打来电话，说三叔走了。

我听了电话，心里没有一丝悲戚，也没有某种失落，好像一个完全和我不相干的人从这个世界消失一样。

父亲在电话里催得很紧。让我们尽快回家。

我看看时间，都快一点半了。我说，是现在吗？

父亲说，就是现在。立即，马上，火速。

我说，哪里去找车？

父亲说，打出租。说完便撂下了电话。

放下手机，我怔怔地说不出话来。三叔这个人，怎么说呢？一向，他是很多人眼里的英雄，可是也有人叫他流氓，说他生活作风有问题，道德败坏。总之，三两句话说不完。我和他谈不上有很深的的感情，在我没有外出打工之前，为了他那个商店的事情，我和他还吵过一架，有一次甚至还差点动了手。那时他已经快五十岁了，而我还正年轻，我相信他不是我的对手。尽管他是英雄，但已是英雄迟暮。坦率地说，三叔是我非常敬重的一个人，他独身一人，却养了一大群鸡，一大群鸭子，他既要张罗他的商店，又喂了四个肥猪，既要给一个面厂销售挂面，又要种地里的庄稼。他的每一天都是在忙碌中度过的。有时候到了深夜，我还能听见他在唱歌。

那些年，我好像从来就没有感觉到三叔有什么忧愁。即使是他最喜欢的手表，被和他交往的女人顺手拿走，他也没有去计较过，沉默着，任由那女人戴在手上炫耀。他生性豪爽耿直，为朋友不惜拍胸脯，事发东窗也不会拍屁股逃之夭夭。他喜欢喝酒，经常酩酊大醉，倒在路边一直睡到月上树梢，才跌跌撞撞地回家。他一生经历了无数的女人，却没有一个和他血肉相连、息息相关的女人。也没有一个女人真正属于他自己。

时值寒冬，我和爱人站在大街上等车。爱人禁不住浑身直哆嗦，也不知道是由于太冷，还是由于害怕。站在大街昏黄的灯光下，我们嘴里哈着寒气，等着出租车载上我们赶回老家，赶回遥远的乡村，去送三叔在人世间的最后一程。

我的三叔名叫刘志荣，是个了不起的人物。人们不叫他刘志荣，都叫他大刘。大刘长大刘短的，后来干脆叫成了大牛。全村的男女老少都这么叫。在家里，爷爷、大伯和父亲也这么叫他。

三叔在全村人的记忆里是以英雄的身份出现的。

在没有成为英雄之前，三叔其实就是一个不学无术的小混混，好吃懒做，好逸恶劳，经常和爷爷唱对台戏，爷爷叫往东，他偏要往西，爷爷要向上，他偏要往下。一个钉子一个眼。气得爷爷开口闭口都是对他的臭骂。三叔和大队那帮知青打得火热，经常出去偷人家的鸡、鸭、鹅来改善生活。有时候甚至连狗、猫也偷。

三叔能当英雄，完全是一个偶然。那天三叔和几个知青偷吃了人家的一条狗，回家的时候已经是后半夜了。那是一个月圆之夜，月光在四周铺了白茫茫的一片，雾气已经开始四散流淌，草丛里的虫儿也叫累了，打着哈欠进入了梦乡，远处偶尔传来一两声狗叫。三叔摸了一下肚子，心里就想，叫吧，下一个就是你。然后，三叔打着饱嗝，用指尖在黑暗中剔着牙缝里的狗肉，心满意足地往家里。一边走，一边还冥思苦想，如何在爷爷开门的时候编造一个谎言来瞒天过海，逃过爷爷的责骂。

在经过一片树林的时候，三叔听见了砍树的声音。三叔悄悄地走过去，发现一个人正紧张地挥动着柴刀砍着一棵柏树，飞舞的木屑惨然遗落在脚下的草丛里。地下，静静地倒着几根还未除去枝丫的树木。

那一年，三叔二十一岁。

那一年，偷树的秦德才遇到了偷吃狗肉后回家的三叔。虽然都是偷，但是性质不一样，这就注定该秦德才倒霉。三叔年轻气盛，又刚刚补充了粮草，正义的力量遍布在全身。他跳出来一声大吼，就和秦德才扭到了一起。秦德才不是三叔的对手，慌乱中，秦德才的柴刀把三叔的屁股划了一个口子，鲜血直流，片刻就湿透了三叔的裤子。可是，三叔并没有退缩，他像一头受伤的雄狮，疼痛激发了他的斗志和豪气。三叔咬着牙夺下了秦德才的柴刀，把他摁倒在一个水沟里，秦德才成了落水狗。

三叔从小的理想是当兵。他喜欢唱“再见吧妈妈，再见吧妈妈，军号已吹响，钢枪已擦亮……”常常唱得如痴如醉。他最佩服的英雄就是王成，想象着自己有一天也做一个像王成那样的英雄。有时候做梦三叔都在叫“向我开炮，向我开炮”，悲壮而豪迈。可是，三叔的愿望没能够实现。那年大队的新兵名额被精明的大伯抢走了。

大伯戴着大红花，昂起头，脸上的笑容比地里的豌豆花开得还要鲜艳，比稻田里沉甸甸的谷穗还要稳重。他胸挺得老高，从三叔身边走过去的时候，明显地带有一股霸气，让人顿生敬畏。三叔的泪水再也控制不住，稀里哗啦地流了一脸，然后砸到脚上，打湿了三叔的布鞋。大伯当兵的地方是西藏，他在信里每次都提到西藏的山有多么多么高，天空有多么多么蓝，白云有多么多么的白，就像地上的羊群，从身边一直铺向远方，说眼睛都看痛了，都看不到边。看着大伯的信，三叔越发懊恼。他发誓说，这辈子当不了兵，但一定要摸一摸枪。

现在，三叔终于摸到枪了。

三叔英姿勃发，风光无限。他的肩上挎着一支步枪。那支步枪很长，三叔挎着枪的的时候，枪托都差点掉到了地上。那一天阳光夺目，三叔枪上的刺刀在夺目的阳光下闪着耀眼的光芒。三叔手里的绳子不一会儿便把秦德才五花大绑了。秦德才的头始终低着，头发很长，我看不到他的脸，我只是看见绳子深深地勒进了他手臂上的肌肉里。这个样子给我留下了很深的印象，以至于在以后的好多年里，强盗小偷在我的心里就是那副长头发、深深地低着头的样子。

秦德才因为偷集体的树木，被判了三年徒刑。而三叔呢，从此便风光起来，比大伯当兵戴大红花的时候还要神气。

每次三叔从外面回来，爷爷都会指着三叔破口大骂一通，把满腔的怒气和一口的酒气撒到三叔身上。但是，三叔在人们的眼里却是英雄，因为他抓住过坏人，还因为他挎过枪。所以全村唯一的商店毫无争议就落到了三叔的手里。大队书记说，一个可以用鲜血和生命保护集体财产的人，他一样可以用鲜血和生命来保护集体的商店。于是，以大队长女儿为首的一帮姑娘不得不打消了念头，只得老老实实下地干活儿。

这是个美差。

首先是轻松，不用下地，不用肩挑背磨，不用日晒雨淋，整天只管坐在商店里，卖多卖少不管，能不能赚到钱，可以忽略不计，报酬更是令人垂涎三尺，每天记五个工分，每月补助四元。这个美差像绳子一样拴住了三叔，他每天都老老实实呆在商店里。

三叔的好日子就是从这个时候开始的。

那段时间城里流行一种款式的裤子，叫喇叭裤。按当时人们的说法，穿喇叭裤的人都是流氓。然而三叔却是全大队第一个穿喇叭裤的人，裤脚罩下来，几乎罩住了鞋，走起路来一扫一扫的，扫得地面上尘土飞扬。那个喇叭裤还是花格子，每个格子一种颜色，赤橙黄绿青蓝紫，这在那个时候简直是惊世骇俗。花衣花裤是女人的专利，对于男人来说，那就是异类。人们能够接受三叔是异类，却不容忍别人这么穿。三叔是英雄，为集体流过血，敢于流血的英雄都是与众不同的。于是经常就有人看见三叔穿着花花绿绿的裤子衣服站在商店门口东张西望。后来，三叔告诉过我，他说他是在望秦多多。

在全大队，三叔还是第一个戴手表的人。这让所有人比看到他穿花花绿绿的喇叭裤更令人惊讶。那块手表很精致，在手腕上很扎眼，仿佛那只手也越发地显得珍贵起来。我至今记得，那是一块山城牌的手表。我常常摘下他的手表，放在耳边，听那秒针转动时滴答滴答的声音，悦耳极了。他生怕我不小心掉在地上给他摔坏了，把手表递到我手上的时候，还把我的手连同手表紧紧地握一下。说，拿稳。我说拿稳了。他说，你说，这手表，多少钱?

我不知道一块手表到底值多少钱，手表和钱的概念在我的脑海里是模糊的。在我的眼里，十元钱就是天文数字了。为了不使三叔失望，我还是尽量往天文数字上靠。

我说，九元吧?

我的口气一半是猜测，却又带了一半的肯定。

三叔哈哈哈地笑了。他拍了一下我的肩膀。

少了，他轻描淡写地说。然后走了，两只裤脚在地上扫起一片灰尘。

后来我才在父亲那里打听到，三叔那块手表价值六十多元。我还感觉到父亲的口气里也充满了羡慕。

但是我更多的却是不解，不就是时间嘛，早上太阳把大树拉得长长的，中午太阳把大树揉成一团，像揉一堆面团，晚上太阳又把大树拉得长长的，太阳和大树就是时间啊，何苦花六十多元来把时间看得那么清楚呢。

爷爷似乎总是对三叔有成见，见到三叔就会没来由地发火。在他的眼中，一个老共产党员的儿子不应该是这个样子的。所以爷爷的火气很旺，他直拍桌子，眼睛里好像要喷出火来，胡子一根一根地颤抖着。大牛！刘志荣！再过十年，再过十年我要是不死……再过十年……

三叔在旁边的时候，爷爷的话都是留着不会说完，等三叔离开后，他才咬着牙把后面的半句话狠狠地吐出来，再过十年，我要是不死，就能看到你还有没有今天风光！

事实上十年之后三叔依然很风光，而且把生命活得奇迹般的辉煌。

爷爷没有看到三叔的衰败和落魄，就无奈地去世了，咽气的时候还没有忘记直起身子说最后一句话。

算你龟儿狠……

三叔在我眼里是不可思议的，他把自己的房间布置得如天堂般华丽无比。尽管这个房间的外表斑驳，甚至刮风的时候还能从墙缝里透进来丝丝凉意，根本无法和现在的小洋楼同日而语。但是，屋里面的摆设却令人惊讶，令人羡慕，令人流连往返。我终于知道秦多多为什么走进三叔那间屋里不肯离开了，那间屋子里有魔力呢。有一次，我听见他们在屋里说话，我一头冲进去，发现他们抱在一起，鼻子对鼻子，眼睛对眼睛。原来男人和女人还可以这么抱在一起啊。我说，三叔你抱秦多多啊。秦多多说，不许乱说。我说，就是抱了嘛。三叔说，抱了我也不怕。我说，我也要抱秦多多。三叔就笑。说，你抱不动。秦多多推开三叔，说，让他来抱。我屁颠屁颠凑过去，秦多多的脸微微有些发红。她俯下身来，我的嘴刚刚凑到她雪白的脖子上，便闻到一股好闻的香味儿。我说，秦多多你好香啊。这句话让秦多多中途变卦，她踹了我一脚，愠怒道，小流氓，滚远点！

我落荒而逃，边逃边喊秦多多好香，秦多多好香。秦多多追出来。小流氓！再叫我撕烂你的嘴！我生怕她追上来撕烂我的嘴，跑得更快。却不想一头撞在另一个人的怀里。抬头一看，是秦德才，更加惊恐。强……强盗。我哇地一声，吓得大哭起来，哆哆嗦嗦地站在那里，怎么也迈不开腿。

秦多多一看秦德才来了，怯怯地加了一声，爸。

秦德才说，还不滚回去。

秦多多还想说什么，秦德才有说了一个字。滚！他拉着秦多多就走，边走边说对三叔说，男人都死完了，我也不会把多多嫁给你。三叔依在那漂亮的写字台边，看着秦德才拉着秦多多急匆匆地走了。微风吹过来，送来秦德才对秦多多的几句怒骂。

全家唯一的一张写字台属于三叔的，他在上面铺上了漂亮的桌布。这在当时的农村来说是想也不敢想的事情，就是放在今天，一个相当富有的农村家庭也未必在写字台上铺桌布，不是铺不起，而是没那个心思，没那么讲究……高柜和写字台都用红漆刷过，闪着光，能照出人影来。写字台上有花瓶，花瓶里插着相当逼真的塑料花，用很透明的薄膜罩着，旁边还有精致的瓷器、奔马、观音菩萨……其中有一尊笑容可掬的弥勒佛尤其令我着迷，时常抱在怀里玩耍。我觉得他的笑容就像三叔的日子那样灿烂。

我不知道三叔哪里来那么多的钱。

多年以后的今天，我用当时的收入情况给三叔算过一笔帐。三叔每天五个工分，按当时的每个工分七分钱计算，一天才三毛五分钱，一个月也就是十元零五毛钱。加上三叔每月四元的补助，一个月还不足十五元。换句话说，三叔家里的那些东西，还有那块价值六十多元的手表，用今天的话来说，就属于巨额财产来历不明。

三叔这么有钱，我估计他是在代销店的进货渠道上做了手脚。当时供销社所有的商品价格都是严格控制的，不能随意抬高价格。另外他在卖货的时候特别讲究方法。比如有一种叫“经济烟”的香烟，供销社规定，一盒烟卖九分钱，但三叔把它拆散，卖一分钱一支，一盒烟二十支，就可以卖两毛钱，净赚一毛二。

三叔把代销店赚钱的方法做得天衣无缝，不能不说他了不起。

我发现三叔很少洗衣服，后来才明白，原来是有人偷偷帮他洗。来的次数最多的当然要算秦多多，也有其他的年轻女孩。其中还有一个长得特别漂亮的女知青。我一直认为秦多多只是身材好，如果要说漂亮，还得算那个女知青。

我不知道那些女孩子为什么要来给三叔洗衣服，来给三叔做屋里的清洁，把那些塑料鲜花清洗得干干净净，看上去跟真的花一样。她们还把那些陶瓷观音、陶瓷弥勒、陶瓷奔马用湿布抹得一尘不染。她们有时候还争着抢着给三叔洗衣服，到三叔屋里做清洁。看她们的样子，一个个都迫不及待，巴不得三叔今天换了衣服明天又接着换衣服。甚至连结了婚的女人也喜欢站在那里和三叔说一阵子话。她们轻启朱唇，声音婉转。那身材更是令人着迷，一个个显山露水，走起路来花摇柳颤。三叔一律来者不拒，不动声色，不表明态度。一时间，女孩子们个个都感觉有希望，可谁都没有把握，想丢，丢不下；放手又舍不得。三叔脚踩几只船，就在众女子中穿行自如，迎俏接丽，春风满面。

有人找到找到三叔，说，大牛，给你介绍个对象，要不要？三叔说要。如此这般一说，就谈到了怎么见面的问题。见面的时候如果是冬天，三叔就穿着红色的秋裤，趿着一双拖鞋去见女孩子，要是遇到夏天，三叔就穿一条短裤，依然趿着一双拖鞋。

不管是女孩子，还是女孩子的父母，都被三叔的这身打扮惊得目瞪口呆。接着奇怪的现象出现了，所有女孩子的父母都不愿意自己的女儿和三叔交往，而所有的女孩子都喜不自禁，争着要和三叔一起去看电影，都争着来给三叔洗衣服。

秦多多长得不算漂亮，可是，脸上的鼻子和眼睛摆放得很匀称，就像她父母商量好了似的，鼻子摆放得好，眼睛再拿去嵌上，就很好看。这也就罢了，偏偏这姑娘小嘴儿甜，见着谁都爱打招呼，口一开，笑容也挂在脸上。经她的嘴说出的话，温柔得很，听着特别爽心。惹得周围的人一个劲儿地夸奖，说三叔好福气，说秦多多好福气。唯一不足的是，秦多多的嘴巴有些大。这也许是她喜欢叫人的原因。三叔好像不在乎，和秦多多的关系越走越近，有点如漆似胶的意思。

然而三叔和秦多多最终没有走到一起。

事情还得从三叔的干妈说起。

三叔的干妈是我们大队的大队长夫人。虽然没有一官半职，但是那气势跟大队长差不多，精明强悍，一副舍我其谁的样子。干妈对三叔说，大牛你怎么就看上秦多多呢，你也不想想，她配得上你吗？你看她那张嘴，能把一个人吞到肚子里。女人家，嘴大吃四方，你是养不起的。

这真是十个说客不敌一个夺客。就这一竹竿，把一艘即将驶入港湾的航船撑得老远。一段即将圆满的姻缘，就这样惨遭扼杀，无疾而终。三叔信了干妈的话，和秦多多断绝了关系。后来我还看见秦多多来过几次，她不声不响地洗衣服，不声不响地做屋里的清洁，还主动约三叔一起去看电影。但三叔总是对她不冷不热，有时半天也不吱声。那以后，我再也没有看见过三叔和秦多多抱在一起，鼻子对鼻子，眼睛对眼睛，叽叽咕咕地说话了。

三叔是鼓起极大的勇气才提出分手的。秦多多眼睛里露出的笑容渐渐地凝固了，变成了一种平静残留在她的脸上。她听着三叔的话，沉默着。沉默像冬夜的寒风撕裂着三叔的心。三叔的话还没有说完话，额头已经渗出了一层细汗。他感觉和秦多多说这样的话很吃力，很艰难，比他做英雄还要艰难千倍万倍。秦多多没有哭。她始终弄不明白，前天好好的，昨天好好的，很久以前都是好好的，一直这么好过来，为什么今天说分手就分手。她转身，磨磨蹭蹭地离开。三叔看着秦多多的背影，站了一会儿，也转身想走。突然，秦多多站住，回头。

大牛！

三叔站住。

不敢回头望秦多多。

秦多多跺了一下脚。说，你混蛋。

地抖了一下，三叔的心跟着也抖了一下。

三叔果断地和秦多多断了来往，还有一个原因，那就是对三妹有点儿意思。三妹是三叔干妈的三女儿。干妈想生儿子，却一口气生出四个女儿，为此还差点让三叔的干爹丢了乌纱帽。这四个女儿生得一个比一个水灵。在这四个女孩子中，三叔对三妹心有所动。三妹是高中毕业生，听说大队长正托关系把她招进县种子公司上班，以后就有可能是国家干部。干妈对这个女儿也是宠爱有加，从小哄着捧着，受不得半点委屈。别的女孩子都有事无事往三叔的身边凑，唯独这个三妹，小公主一样盛气凌人，从来不拿正眼瞧一下三叔。这让三叔多少缺了一点自信。三叔不止一次梦到三妹。梦到她面带微笑，沐浴在清晨的阳光里，踏着挂满露水的青草向自己飞奔而来。梦到三妹和自己手拉着手，行走在县城宽阔的大街上。越是这样，三叔对三妹就越发的想入非非，不说得到，就是听到三妹的消息，也妙不可言。可是，从梦里醒过来，三叔满脑子都是秦多多长长的辫子，乌黑的大眼睛，还有那张大得有点离谱的嘴。

干妈这么斜刺里冲出来，明确要求三叔断绝和秦多多的关系，让三叔感觉到干妈似乎在暗示什么。后来，干妈的四个女儿陆续都出嫁了。三妹是最后出嫁的，她嫁给了县种子公司的一个经理。三叔这才明白，干妈的话里并没有什么弦外之音，更没有什么暗示，是三叔自己想多了。

更令三叔失落的是，在最后一次和三叔见面过后，秦多多依照父母之命媒妁之言，带着一种绝望，草草地把自己嫁了出去。

那以后的很多个夜晚，三叔从商店回到家里，张罗他那几头肥猪的时候，我都听见三叔在唱歌："妹妹找哥泪花流，不见哥哥心忧愁，心忧愁，望穿双眼盼亲人，花开花落几春秋……”尽管有鸭拖长声音嘎嘎地叫，有鸡咯咯地往圈里拥挤，有猪嗷嗷地打闹，一切都是那么忙而不乱，有条不紊，甚至灯火通明，但我依然能感觉出一种透彻骨髓的冷清。而三叔唱歌的声音嘶哑，时断时续，总透着一种凄凄惨惨戚戚。

英雄三叔的光辉岁月到这里似乎该结束了。可是事情往往就没有那么简单。秦多多带着绝望，心不甘情不愿把自己嫁出去了。秦德才心里憋屈，他认为三叔不仅让他蹲了三年监狱，还玩弄了秦多多。不以婚姻为目的的恋爱都是耍流氓。他刘志荣就是一个流氓。秦德才经常在别人面前，满含愤怒地控诉我们一家人，说我爷爷是老流氓，三叔是大流氓，我们是小流氓。

秦多多的父亲叫秦德才，外号一根筋。此人仗着读了几本古书，喜欢谈天说地，更喜欢和人家争长论短。什么事情都认死理，弯弯道理他都要脸红脖子粗地讲直，不撞南墙不回头，撞到了南墙也不回头。要为自己出气，为女儿秦多多争气。这事要是换了别人，兴许这一辈子就认了，不去指望了。可是一根筋秦德才不。他读过古书，他讲究策略。虽然成天唯唯诺诺，可那是蓄势待发。不就是砍两根树嘛，你大牛成就一世英名，我那三年监狱岂可以白蹲？多多还是个黄花闺女呢，岂能让你大牛说玩儿就玩儿，说丢就丢？

一根筋报复三叔的方法真是出人意料。他居然也开了一个商店。

开张那天，他噼里啪啦放了几挂鞭炮，还在店门口摆了几篮鲜花，同时邀请几个亲戚到店里为生意开张。最妙的是，一根筋的商店就在三叔商店的隔壁。这可真是个为秦多多出气的好办法，三叔商店的生意顿时就垮了一大半。想来，也在情理之中。读书人，读过古书的人，怎能让满脑子的古书白读？

那个时候供销社已是一派日落西山的景象，大队也不叫大队了，改成了行政村。原来供销社在村里的代销店经过一番运作后，变成了三叔的私人商店了。仿佛就在一夜之间，村里冒出了好多家商店，一家比一家气派，货物一家比一家齐全，家底一个比一个殷实。

眼瞅着生意支撑不下去了，三叔拓展了业务范围。他首先帮一家挂面厂销售挂面，然后自己在家里又喂了四头猪，喂了一大群鸡，他还没有荒废掉划分给自己的地，春播秋收的时候，总能看见他在自己的地里挥汗如雨地劳作。这期间，三叔传出了一些绯闻，说是三叔睡了村里的某某女人，连手表都给丢了。这事我想应该是真的，有一次我就看见一个女人从他屋里走出来，正扣着衣服上的最后一颗纽扣，然后用手整理着有些凌乱的头发，匆匆而去。至于三叔那块精致的手表，我有好久都没看见了，差不多已经忘记了那秒针走动时悦耳动听的声音了。

再说三叔的生意。

清淡得简直如同一杯白开水。三叔思前想后，觉得还是应该在商店上做文章，以此来改变自己的一切。一个晚上他提了两瓶啤酒，揣了两包好烟，来到隔壁一根筋的商店里。灯光有些昏暗，微微闪烁，仿佛一不留意“嗤”的一声就会灭掉。一只蝙蝠闯进来，绕着屋子飞了几圈儿，张着丑陋的脸，好像是来看他们的笑话，然后又不知在屋里什么地方转了一圈儿，向门口飞去，一头撞进黑暗里，再也没有飞回来。三叔陪着笑脸，大伯长，大伯短的叫着。

三叔和秦多多待了一段时间，别的没有学到，倒是学会了怎么和人打招呼。以前是很难看到他如此卑微地在一个人面前低声下气的。

他把一根筋拉到桌子上，撕开一包花生，再递上一支烟。一根筋也不客气，接过来点燃，狠狠吸了几口，然后将烟雾吐出来，咂咂嘴，仿佛在辨别香烟是不是假冒伪劣。两个人都不说话，各自狠狠地吸着烟。烟雾在屋里盘旋缭绕，有点像一根筋脸上的皱纹。

三叔终于吐出了一句话，生意要做死的。

一根筋说，我不怕。

谈判就破裂了，关系依然紧张。

他们开始还一起去镇上提货，一路上彼此之间装腔作势，还敷衍两句客套话，谈得最多的还是生意难做，钱难挣。后来，话里话外，总归少不了冷嘲热讽阴阳怪气。一根筋说三叔存心和他过不去，让他蹲了大牢不说，还要来玩弄秦多多。三叔也说一根筋下手狠，就那么一刀子，屁股上就多了一条口子，再也合不拢来了。最后见面，就横眉冷对，到镇上提货也各走各的了。

一屋两头住，生意各做各。你走你的阳关道，我过我的独木桥。

这其间秦多多回过一次娘家。说来也奇怪，自从秦多多负气远嫁后，村里的姑娘好像约好一样，集体在三叔面前消失了。三叔的衣服没有人来抢着洗了，屋里的清洁也没有人来做了。三叔一会儿家里喂猪，一会儿地里抢收，一会儿去挂面厂进货，他的商店也是三天打鱼两天晒网，有时候半天也不见开门。家里的墙角总是堆满了来不及洗的衣服，桌子上不知什么时候已经垫上了一层薄薄的尘土。

最不能让三叔接受的是，他猛然间发现自己已经不是二十一岁时的英雄了，他走过了自己的而立之年，不知不觉已经四十而不惑了。他的锦绣年华，被岁月这把剪刀一点一点，一段一段地剪去了，剪得只剩下一张清瘦的脸，一把枯瘦的长发，一双失神的眼睛，一个干瘪的身影了。除了那个差不多只剩下空壳的商店，几头还未长肥的猪，一群满院子扑腾的鸡，一片长势不怎么良好的庄稼之外，三叔什么也没有。尤其是没有女人。在漫长的寒夜，三叔感到了孤独和冷清，一盏灯常常在他的头顶发着昏黄的光，几只飞蛾围着光不停地飞舞，岁月就这么静静地流过去，再也没有流回来。

秦多多还是和多年前一样，偷偷来到了三叔的家里。她洗完了三叔堆在墙角的脏衣服，又打扫了屋里的清洁。这间屋里的一切还是和多年前的一样，连气息都没有改变。只是少了众多女孩子的身影，多了一些沉淀的灰尘，少了一些喧嚣，多了一些孤独。

秦多多的婚姻并不人们想象的那么美满，她的男人是个酒鬼，整天在外面喝酒，喝完酒就回家发牢骚，然后就骂孩子，打女人。没有酒钱了，他甚至想把秦多多拿去换酒喝。一根筋秦德才说，这是命，一个女人的命，老天早就安排好了的。没有办法，但不管怎么说，秦多多总算是有一个家，这就是把日子过下去的理由。犹豫再三，秦多多还是走进了三叔的小屋。她下定决心，以后再也不走进这间屋子了。这里留下了秦多多太多的记忆，一生难以忘记。秦多多不紧不慢，把一切收拾得井井有条，做得茶明几亮，就像在自己的家里一样。

三叔回来了，拖着一身的疲惫。短暂的惊讶以后，他张开双臂抱住了秦多多，用满是胡须的嘴去扎秦多多的脸。秦多多闭着眼睛，顺从地让他扎呀扎呀。后来，三叔还想扎得更深一些，扎出一些火花来。但是被秦多多轻轻地推开了。虽然无力，但很坚决。

三叔说，我错了。这是三叔一生中唯一一次认错。秦多多说，不怪你，是我没那福气。远去的秦多多又一次转过身来，就像多年前回头那样。她对三叔说，你混蛋。不同的是，这一次秦多多掉泪了。

三叔看到了秦多多有些佝偻的背影。她的头发也没有从前那般柔软光鲜，几缕银丝在些凌乱的黑发中偷偷摸摸，很打眼，却顽强保持着整齐。三叔明白，秦多多已不是当年的秦多多了。

有一段时间，一根筋把价格杀得有些厉害。三叔都快支撑不下去了。他狠狠抽完一包烟，坐在店里出了半天长气。最后一狠心，也把降价的牌子挂了出来。

两个商店一墙之隔，对方进了什么货，什么货脱销，什么货卖得翘，双方都一清二楚，了若指掌。冬季雨水多，三叔看准时机进了一批斗笠和蓑衣。村里的商店从来没有买过这些东西，尽管价格叫得很响，但买的人很多。一根筋一看能赚钱，也跟着进了一批来降价销售，价格马上就回落下来了。一根筋托熟人进了一批农药，三叔也不示弱，马上通过供销社的老关系进来一批农药。再后来，三叔和一根筋进了很多货，可是买的人却不多了。人们都在观望着，等着三叔和一根筋之间的竞争，等着他们自己主动把价格降下来……不知不觉地，双方都在商品的种类上暗暗叫着劲儿。

好戏一般都是在晚上上演。

早已经夜深人静了，可是三叔和一根筋谁也不愿意先关门，都怕把最后一个顾客让给了对方。毕竟是年纪大了，精力有限，又是在冬天，一根筋坚持到十一点就有些昏昏然了。但是他还是舍不得关门，摇晃着站在门边向三叔这边张望。三叔也一个劲地打哈欠，不时偷偷往一根筋这边张望，脚边全是烟头。

三叔有时候会捉弄一下一根筋。他大大方方地把门关上，听到一根筋那边急匆匆地关门上后，又故意把门弄得吱地一声。一根筋以为三叔在开门，急忙去开门，伸出头去，迷迷糊糊往黑夜里张望了一阵，寒风“嘶”的一声，就灌进领子里去了。像一根根针，一直钻到骨头里。两排牙齿“咯”的一声，相互咬了一下，才顶住了那刺骨的冷。几次以后，一根筋也明白三叔在戏耍自己，自己上当了。他气得站在门边指桑骂槐地又骂了一通，才哆嗦着关好门，气咻咻地睡觉，一直到深夜也瞪着明亮的眼睛盯住屋顶。你打我一拳，我还你一脚。一根筋也依葫芦画瓢，三叔聪明，就是不上当。

为了活跃商店的气氛，增加人气，三叔首先在自己的店里摆出了麻将桌子，喜欢打牌的年轻人都涌到了三叔店里，玩牌，喝酒，吹牛，每天差不多满满塞了一屋子的人。人都有个习惯，哪里人多往哪里扎堆。这样一来，三叔的店里就一片热火朝天的气象。

再看一根筋这边，冷冷清清的没几个人，不时有几只麻雀掠过旁边的水塘，掠过水塘中的青山白云，停在一根筋店门口的香樟树上，歪着脑袋，好奇地看着摇头晃脑打瞌睡的一根筋，看着他长长的口水从嘴角流出来，在泛白的阳光下，亮晶晶的，怎么也不肯掉到地上。

夏天的时候，天空常常飘来几片乌云，狂风卷起被人坐皱的废报纸漫天飞舞，悠悠扬扬地落到地上，又飞起来，然后几个空翻。雷就跟着来了。麻雀们再也没有兴致看一根筋打瞌睡，展开翅膀远远地飞开，叽地一下，声音未落，早已没有了踪影。雷一个接一个，仿佛就在头顶炸开。一根筋被这雷炸醒了，收起亮晶晶的口水，把店里堆的废旧物品一股脑儿搬开，腾出一片空隙，也摆上了几张麻将桌子。两家商店就这么针尖对麦芒地耗上了。

到了腊月尾上，正是生意兴隆的时候。镇上派出所的人围住了两个商店，亮出了手铐，带走了三叔和一根筋。

三叔和一根筋是春节过后才回来的。回家后，一根筋的商店就关门了，再也没有开过。

三叔呢，继续开他的商店。他养的鸡和鸭，他养的肥猪都很值钱。他把那些钱一律投到了商店里。而商店，又是他用来取悦女人的筹码。三叔继续喂鸡喂鸭喂猪挣钱，继续把钱投到商店里，继续用商店来取悦女人。到后来，这种情况就成了恶性循环。他变得又黑又瘦，整天咳嗽不止，性情也变得喜怒无常。直到有一天他被查出患有肺结核，才恋恋不舍把商店盘给了我父亲。在签契约的时候，三叔抓着笔，久久不落到纸上。我看见他的手只剩下了一层皮，皮下的骨头仿佛正鼓足了力气，一不小心就会冲破皮肤裸露出来。三叔说，我的病好了，就把商店还给我。一定要还给我。

父亲说，一定还给你。

事实上，三叔的病从那时起，就再也没有好过。直到他去世前一个月，商店一直都是我父亲在经营。但是商店已经不在村里了，搬到了镇上。我家在镇上买了一个门面，扩大了规模，品种也更加齐全了。生意呢，也不是期待中的那样兴隆，也不是担忧的那样清淡。不咸不淡，时好时坏，吃不饱，也饿不死。没有地种了，有事情做比没事情做好，就当是种地吧。父亲不止一次这样说。父亲还说，是三叔这个商店捆住了他的手脚，要不是这个商店，他早就出门打工挣钱了，日子肯定比现在要过得好。

真的是这样吗?

我说不清楚，相信父亲也说不清楚，三叔也说不清楚。

世事难料。

村里开发了。

开发商给每一个村民赔付了一大笔钱。从前村里的一些老光棍都相继娶到了媳妇。也有人开始给三叔张罗媳妇的事情了。那一大笔钱，三叔是一辈子也用不完的，得找一个人来和他一起用钱。可是，三叔不愿意。他担心自己的钱会白白地给人家用了。

秦多多也带着两个孩子住回了娘家。她的男人喝醉了酒，在回家的路上掉到水田里淹死了。一根筋秦德才患了食道癌，动了手术，回到家里。也许三年，也许五年，也许更长的时间，总之，他在等奇迹。

三叔的身体越来越差，走路摇摇晃晃的，说话嘴唇直哆嗦。他想晒太阳，从家门口走到院子里，都要喘好一阵的气。可是，三叔是个争强好胜的人，从来不服输。他咬着牙走到院子里的时候，脸色已经显得很苍白。有的人和他开玩笑，大牛，一大笔钱哟，看你那样子，怕是用不完的了。三叔就说，就怕不够我用啊。然而却从语气里能听出一种苦涩来。想必三叔也意识到钱“用不完”，而不是担心“不够用”了。

所有的人都搬出了村子，住到了镇上。三叔没有买房子，他只是在镇上租了一间不起眼的房子。凑巧的是，一根筋租的房子和三叔租的房子相隔很近。成了邻居。

有一天，三叔挣扎着出门晒太阳，没有站稳，摔倒在院子里。恰好秦多多在洗衣服，跑过去扶他。三叔把脸别到一边，将手从秦多多手里抽出来。太阳也不晒了，独自回到了自己的屋里。另一个邻居想撮合三叔和秦多多，让三叔冷冷地轰出了门。三叔说，我的钱，不给女人用。

不知不觉就到了冬天，说不出的寒冷。有一天，三叔的邻居告诉大伯，三叔好几天都没有出门了，你们也不去看看？大伯叫起父亲，一起来到三叔的出租屋里。

三叔用厚厚的被子把自己裹得严严实实，床边有一个火盆，里面早已没有了火星，透出一股凉气。旁边的凳子上泡了一杯茶，看样子也早已凉了，就像他人一样，静静地待着，一动不动。三叔已经不能说话了，两眼瞪得大大的，目光空洞。在医院里，医生告诉大伯和父亲，三叔是全身器官功能性衰竭，没救了。

一根筋秦德才听说三叔死了，在院子里大骂三叔，说三叔是个没用的东西，还不如他一个癌症病人。骂着骂着，秦德才掉泪了。秦德才说，谁要你的臭钱？谁要你的臭钱？秦德才一把鼻涕一把泪。多多，多多，你咋办哟？

后来我才知道，三叔留下了给自己办葬礼的钱，把剩下的钱全给了秦多多。父亲把我急匆匆地叫回来，大伯也匆忙叫回了他的孩子。本来以为可以分到三叔一笔钱的，想不到三叔却给了秦多多。尽管三叔已经死了，但是父亲和大伯把三叔抱怨了好久。

冬日的荒野中多了一个新坟。一年后，新坟变成了旧坟，上面野草疯长，仿佛已经过去了好多年。周围开了不少的野花，红的红，黄的黄，紫的紫。它们静静地开放，静静地凋谢。虽然没有什么香味儿，倒也好看。

在尘寰

流年